aimó

reginaldo prandi

aimó

uma viagem pelo mundo dos orixás

ilustrações
rimon guimarães

Copyright do texto © 2017 by Reginaldo Prandi
Copyright das ilustrações © 2017 by Rimon Guimarães

O selo Seguinte pertence à Editora Schwarcz S.A.

Grafia atualizada segundo o Acordo Ortográfico da Língua Portuguesa de 1990, que entrou em vigor no Brasil em 2009.

capa e projeto gráfico
Raul Loureiro

revisão
Huendel Viana
Arlete Souza

tratamento de imagem
Américo Freiria

Dados Internacionais de Catalogação na Publicação (CIP)
(Câmara Brasileira do Livro, SP, Brasil)

Prandi, Reginaldo
Aimó : uma viagem pelo mundo dos orixás / Reginaldo Prandi ;
ilustrações Rimon Guimarães. — 1ª ed. — São Paulo : Seguinte,
2017.

ISBN 978-85-7406-040-6

1. Ficção brasileira I. Guimarães, Rimon. II. Título.

17-02873   CDD-869.3

Índice para catálogo sistemático:
1. Ficção : Literatura brasileira 869.3

7ª reimpressão

Todos os direitos desta edição reservados à
EDITORA SCHWARCZ S.A.
Rua Bandeira Paulista, 702, cj. 32
04532-002 — São Paulo — SP
Telefone: (11) 3707-3500
www.seguinte.com.br
contato@seguinte.com.br

/editoraseguinte
@editoraseguinte
Editora Seguinte
editoraseguinteoficial

SUMÁRIO

1. A MENINA ESQUECIDA 9	**2. NOTÍCIAS DE UMA NOVA NAÇÃO** 16
5. UMA LAVADEIRA ENGANA A MORTE 44	**6. O SOPRO SE TRANSFORMA EM TEMPESTADE** 55
9. O QUE PODE FAZER UMA ESPOSA DESESPERADA 91	**10. O DOCE DISFARCE DA CONQUISTA AMOROSA** 105
13. UMA FUGA PARA UM GRANDE RIO 145	**14. OS DEUSES QUEREM É DANÇAR** 155

3. COM QUE DEUSA VOCÊ QUER SE PARECER?

23

4. UMA DANÇA NA CONQUISTA DE UM HERÓI

31

7. PODER E PERDIÇÃO DE UM REI

66

8. CUIDADOS PARA UMA CABEÇA RUIM

76

11. O CORPO TEM QUE SER DEVOLVIDO AO CHÃO

113

12. NINGUÉM É IGUAL O TEMPO TODO

129

15. A DIFÍCIL ESCOLHA

162

16. UMA VIDA NOVA

170

NOTA DO AUTOR 181 **GLOSSÁRIO** 184 **OS ORIXÁS** 187 **O ORÁCULO DE IFÁ** 189

1. A MENINA ESQUECIDA

Ninguém chamava por ela, ninguém se lembrava dela, ninguém sequer sabia que um dia ela existira sobre a Terra. Foi assim que ela acabou esquecendo quem era, de onde viera, a que família pertencia. Esqueceu-se até do próprio nome.

Quando a viu passar, um velho de aparência feliz perguntou a uma mulher sorridente quem era aquela menina.

— Aimó omobinrin — respondeu a alegre senhora, palavras que, na língua daquele povo, significavam uma menina esquecida, que ninguém sabia quem era, uma desconhecida.

A menina ouviu o diálogo e imaginou que Aimó era seu nome, a menina Aimó, porque até mesmo da língua falada em casa quando vivia com sua família ela pouco se lembrava. Ficou incrivelmente feliz: já sabia como se chamava.

Agora, por todo lugar a que ia, ela gritava:

— Orucó mi ni Aimó. Meu nome é Aimó.

Ninguém parecia se importar. Ela continuava desconhecida, completamente esquecida por todos e por ela mesma. Então, a tristeza de Aimó voltou mais forte, mais difícil de suportar. Ainda mais naquele lugar sem cores, sem luz, sem nenhum dos prazeres da vida na Terra.

Quanta saudade do som dos tambores, das mulheres dançando, tão bonitas, com seus trajes estampados, seus colares de contas. Tinha vivido tudo isso de verdade ou era sua imaginação que inventava essas belezas só para atormentá-la?

Pelo menos agora sabia seu nome, graças ao homem e à mulher que não escondiam sua felicidade, talvez já se preparando para o retorno à vida, chamados de volta à Terra por suas saudosas famílias que, com certeza, lhes ofereciam presentes e saudações e os mantinham vivos na memória. E sua família, onde estava? Por que não se lembrava dela?

— Orucó mi ni Aimó. Meu nome é Aimó — insistia a menina.

Ninguém a ouvia, era inútil. Nenhuma resposta a seus clamores. Nenhuma palavra vinda de sua casa alcançava seus ouvidos. Ela havia mesmo sido esquecida por todos. Não tinha mais família, quem se importasse com ela. Estava perdida, nunca mais poderia voltar para casa. Aimó começou a chorar e não parou por um longo tempo.

A menina estava no Orum, um mundo espiritual, a morada dos deuses e dos espíritos dos mortos, um lugar nada agradável para quem já experimentou tudo de bom que a Terra tem para oferecer. Diferente do Aiê, como a Terra é chamada pelo povo de Aimó, o Orum é um mundo tão sem atrativos que os próprios deuses que o habitam, os chamados orixás, visitam com frequência o Aiê para comer, dançar e se divertir com os habitantes locais.

Os homens e as mulheres recebem os orixás no Aiê com festa porque acreditam que descendem diretamente deles ao longo de incontáveis gerações. Os orixás chamam os humanos de meus filhos e estes chamam os orixás de meu pai e minha mãe. Famílias diferentes descendem de deuses diferentes. Cada ser humano tem um deus ou uma deusa em sua origem. É o que ensina a tradição africana dos povos iorubás, que também são chamados de nagôs.

Os espíritos dos mortos, chamados de eguns, não têm essa regalia divina de transitar livremente entre o Orum e o Aiê. Passam para o Orum com a morte e só podem voltar ao Aiê com o renascimento. Ou quando são cultuados na Terra como antepassados ilustres, o que não era, absolutamente, o caso de Aimó.

Aimó se lembrava, entre outras poucas recordações, de ter ouvido sua avó falar muitas vezes da vida no Aiê e no Orum. A avó de Aimó lhe dizia que elas viviam no Aiê, mas tinham vindo do Orum e voltariam para lá, devendo retornar depois ao Aiê. A morte era apenas uma passagem entre duas vidas.

Segundo os ensinamentos da avó, o morto renascia na mesma família, mas para renascer não podia ser esquecido no Aiê. A família deveria tratar o morto como tratava os vivos, dando-lhe comida, bebida, vestimenta, diversão e tudo o mais. Os feitos notáveis do morto deveriam ser constantemente relembrados, seu nome invocado com orgulho, sua lembrança mantida viva. Até que, um dia, o espírito do morto deixava o céu dos orixás, o Orum, e voltava ao mundo dos vivos reencarnado no corpo de uma criança que nascia, começando vida nova.

Ao crescer e se tornar adulto, o renascido deveria se fazer importante para sua família, sua gente, ter muitos filhos, praticar ações que ficariam gravadas na memória e nos mitos do povo. Assim, quando chegasse sua hora de morrer de novo, ele iria para o Orum com a certeza de que ficaria lá apenas por um período curto, à espera do renascimento. Porque bom mesmo é viver na Terra, no Aiê.

Com a morte, o corpo era devorado pela terra e o espírito do falecido era levado ao Orum pela deusa Iansã. Não há prêmio ou punição no Orum, apenas espera. Os que não mereciam os favores de Iansã ou, por alguma razão, insistiam em permanecer no Aiê, em uma vida falsa, perambulavam perdidos por esse mundo, causando sofrimento a si e aos viventes.

Naquele tempo e lugar, as famílias eram bem grandes e os nascimentos frequentes, o que para o espírito do morto representava a oportunidade de voltar logo para casa. Uma barriga de mulher crescendo era uma porta se abrindo para o retorno. Então era só esperar o momento certo, a sua vez.

Saber disso alimentava a aflição da menina Aimó, só fazia crescer seu desespero, e suas lágrimas brotavam como a água de uma fonte. Chorou tanto que os passarinhos sedentos vieram beber em seus olhos para logo voar em debandada, desgostosos com o sabor salgado e quente de suas lágrimas.

— Orucó mi ni Aimó — repetia ela baixinho, com um fiapo de esperança que já se esgotava.

Chorou tanto que suas lágrimas se juntaram em um rio sem rumo, invadindo ruas, casas e até o palácio de Olorum, o deus primordial, pai dos deuses orixás. Fazia quatrocentos anos que Olorum dormia um sono despreocupado. E enquanto ele dormia, os orixás, como sempre, governavam o mundo dos humanos. Ninguém se atrevia a acordá-lo.

Quando as águas cobriram o leito de Olorum, ele despertou

contrariado, cuspindo a água salobra que engolira sem querer, e foi logo reclamando:

— Só pode ser você, Iemanjá, que eu fiz com este gosto de sal — Olorum cuspiu repetidas vezes e continuou a falar à filha — e com esse seu jeito destrambelhado de inundar tudo o que estiver a seu alcance, menina levada!

Aos poucos, ele abriu os olhos e se levantou sacudindo a túnica molhada. Olhou em torno e não viu Iemanjá, mas sim uma menininha desconhecida, Aimó, que chorava torrencialmente. Reclamou:

— Ah, então foi você que veio interromper meu cochilo, omobinrin mi, minha menina. Mas quem é você, afinal?

Aimó parou de chorar, tremendo de medo de ser castigada. Tentou responder, mas sua língua não obedeceu e ela continuou muda enquanto Olorum a fitava de cima a baixo.

— Diga logo seu nome, omobinrin mi! Vamos, fale!

Ela permanecia quieta.

— Eu ordeno: Orucó, omobinrin!

— Meu nome é Aimó — disse ela, fixando o olhar no chão e recomeçando o choro.

— Pare de chorar. Quer me molhar de novo, menina? Repita seu nome, eu não entendi.

— Aimó, é Aimó.

— Hum, isso não é nome de gente, nunca ouvi, e olha que eu sei de tudo, tudo que existe fui eu que ordenei aos orixás que fizessem.

— Ouvi por aqui uns mais velhos me chamarem assim.

— E sua família? Os que ficaram no Aiê?

— Acho que não tenho, esqueci. Ou melhor, fui esquecida.

— Entendi. Aimó omobinrin, a menina que ninguém sabe quem é.

Aimó assentiu, ainda amedrontada.

— E como vai fazer para voltar para casa se a sua família não se lembra mais de você, minha menina? Vai ficar para sempre aqui no Orum, sempre ameaçando me afogar em seu rio de lágrimas? Pobre de mim!

E ao ver lágrimas brotando novamente dos olhos da menina, Olorum gritou com ela:

— Pare! Chega de choro.

Ela parou de chorar e ele continuou:

— Vamos resolver isso logo. Preciso defender meu direito ao descanso eterno.

Em seguida, Olorum parou um instante, como quem reflete sobre as próprias palavras, e disse:

— Pessoalmente não me meto nas coisas do Aiê e no resto também não. Quem resolve tudo são meus filhos, deuses que eu criei, que os humanos chamam de orixás, a quem dei a missão de cuidar do mundo. Mas, como acabei envolvido nesta sua triste história, vou ter que determinar que se ache uma solução, omobinrin mi. Como é mesmo seu nome, ou aquilo que você pensa que é seu nome?

— Aimó — disse ela, já sem muita certeza.

— Aimó, ou seja lá quem você for, minha querida menina esquecida — continuou Olorum —, vou convocar imediatamente Ifá, meu sabe-tudo, e veremos por que você foi parar na condição de permanecer presa aqui para sempre. Vou chamar também Exu, meu mensageiro e meu faz-tudo, porque sem ele nada se pode fazer.

Olorum estalou os dedos chamando Ifá e Exu. Em seguida, piscou para a menina.

Pela primeira vez depois de sua morte, a menina sorriu.

2. NOTÍCIAS DE UMA NOVA NAÇÃO

Aimó viu Exu e Ifá chegarem à casa de Olorum e se prosternarem aos pés dele, depois saudá-lo com palmas ritmadas e, de joelhos e olhos baixos, beijar seus longos dedos magros. Ouviu depois o pai dizer aos filhos que queria saber por que aquela menina estava no Orum e por que sua família não tomava as providências necessárias para que ela pudesse renascer no mundo dos mortais.

Exu, que não parava quieto, zanzando pelos cantos do salão, chegou perto da menina e sussurrou em seu ouvido:

— Meu pai sabe de tudo, mas faz que não sabe. Para não magoar meu irmão sabe-tudo, que é quem deve saber das coisas. Etiqueta, divisão de trabalho, cada um com sua missão. Ele distribuiu seus poderes entre nós, entende?

A menina não entendeu, mas fez que sim, com medo de que Exu lhe perguntasse alguma coisa de que ela talvez não se lembrasse. Também porque ela estava mais interessada no arranjo que Ifá preparava.

Ifá espalhava pelo chão vários objetos. A menina logo os reconheceu como instrumentos que os adivinhos em visita à sua aldeia usavam para responder a questões levadas a eles pelos mortais. Depois, sentado no chão, pediu licença a Olorum, deu um obi, uma noz-de-cola, para Exu, que se pôs a mascá-lo imediatamente, atirou um punhado de búzios no chão de terra ainda molhada e, calmamente, com ar solene, se pôs a estudar o desenho que os búzios formaram. Com dois dedos ele desenhou um sinal em um tabuleiro.

Exu voltou a cochichar no ouvido da menina:

— Tudo teatro. Ele está cansado de saber o que vai dizer. Mas pelo menos vou ganhando meus obis.

A menina continuou muda. Não ia se meter no que parecia uma velha disputa familiar.

Ifá atirou mais um obi a Exu, que o interceptou com a boca aberta, e começou uma longa explicação:

— Omobinrin infelizmente não tem uma família no Aiê para honrar sua memória. Por isso, jamais saberemos o verdadeiro nome dela, a menos que ela se lembre, ouviu, menina? E sem família, não tem renascimento.

Ela fez que sim. A língua que ela falava em casa já voltava inteira à sua memória, já podia entender e falar quase tudo. Mas de que servia uma língua sem uma história? Aimó estava à beira do choro, mas se conteve com medo de ser repreendida de novo por Olorum, que parecia distante, talvez preocupado com a revelação do adivinho.

Ifá tossiu para chamar a atenção do pai e continuou:

— Alguns membros da família foram apanhados por caçadores de escravos e levados para longe, dispersos. Os que restaram foram dizimados numa guerra local. Esta nossa menina aqui que, apropriadamente, agora se chama Aimó, a desconhecida, foi vendida a traficantes brancos em troca de dois fardos de tabaco e duas fieiras de búzios, e foi embarcada em um navio abarrotado de escravos negros que a levou para o outro lado do ocum, para além do oceano, para uma nação que está nascendo em uma terra muito distante, no lado oposto às terras do nosso povo.

— Não dá para simplificar? — interrompeu Exu. Ifá atirou outro obi a Exu, que se queixou:

— Obi dá uma sede!

Ifá pacientemente retirou de uma matalotagem que se encontrava ao lado deles uma cabaça com vinho de palma e deu para Exu beber. Exu se aquietou e Ifá seguiu em frente:

— Chegando lá foi vendida de novo em um mercado...

— Espere aí — interrompeu Olorum. — Que história é essa de uma nação nova do outro lado do oceano? Não estou sabendo de nada. Novidades que não me foram reportadas? É inadmissível, exijo explicações!

— Meu pai — disse Ifá, se curvando —, aconteceu tudo recentemente enquanto o senhor dormia. Faz só uns trezentos anos que a nova nação surgiu. Eu já vou pôr o senhor a par de tudo.

— Teatro, puro teatro — murmurou Exu para Aimó com a boca cheia.

— Agora vamos cuidar dessa menina que ousou me acordar, fazendo eu me sentir como um bebê que fez xixi na cama. Depois você me conta tudo sobre esse tal de Brasil — disse Olorum.

Exu não deixou passar em branco a gafe do pai e comentou reservadamente com a menina:

— Não falei? Ele sabe de tudo. Até o nome daquilo que ele diz não saber que existe.

— Prossiga, prossiga — ordenou Olorum a Ifá.

Ifá retomou a história depois de oferecer a Exu um naco de inhame cozido regado com azeite de dendê:

— Aimó foi vendida para uma mulher branca proprietária de muitas casas de aluguel que desejava uma escrava menina para lhe fazer cafuné e acompanhá-la quando saía para a igreja, ou quando percorria a cidade para cobrar o aluguel de seus inquilinos. A sinhazinha não confiava em escravo adulto, muito menos se fosse homem. Era proprietária de dois belos e fortes jovens negros recentemente importados, que mantinha presos em casa, trancados a sete chaves. Bem, mas isso não interessa...

— Claro que interessa — interrompeu Exu. — Agora que a história está ficando boa.

— Exu! — repreendeu Olorum. — Continue, Ifá.

— A história acaba aqui, infelizmente. Aimó pegou tifo e morreu.

Um arrepio atingiu o corpo de Aimó como uma chibatada. Do fundo de suas esquecidas lembranças voltou-lhe à mente o dia em que, deitada em uma esteira gasta sobre o chão de terra nua, em uma casa estranha, cercada de uma gente desconhecida, sentiu o ar deixar seus pulmões pela última vez e foi tomada por uma sensação de ausência que paralisou o pouco sinal de vida que ainda lhe restava: o tremor provocado pela febre alta. Sentiu de novo a mesma vertigem que a atingira no momento de suprema angústia e solidão do último suspiro, quando a mais poderosa das ventanias a levou para longe do seu leito de morte. Para muito longe.

— Então nossa irmã Iansã trouxe o espírito dela para o Orum — completou Ifá. — E aqui está ela diante de nós.

— Uma história de vida bem medíocre — disse Exu à menina. — Mesmo que ainda tivesse uma família na Terra, você não chegou a fazer nada em vida que merecesse ser contado com orgulho. Nada que trouxesse honra e distinção à sua gente e fizesse seus parentes desejarem sua volta. É, menina, eu não queria estar em seu lugar. Quando eu for dançar em uma festa no Aiê, na nossa velha terra ou na nova nação de que falou Ifá, você não vai estar lá para me aplaudir.

— Acho que desta vez tenho que dar razão a meu irmão caçula — concordou Ifá.

A menina desatou a chorar.

— De novo, não! — gritou Olorum. — Meus filhos vão dar um jeito.

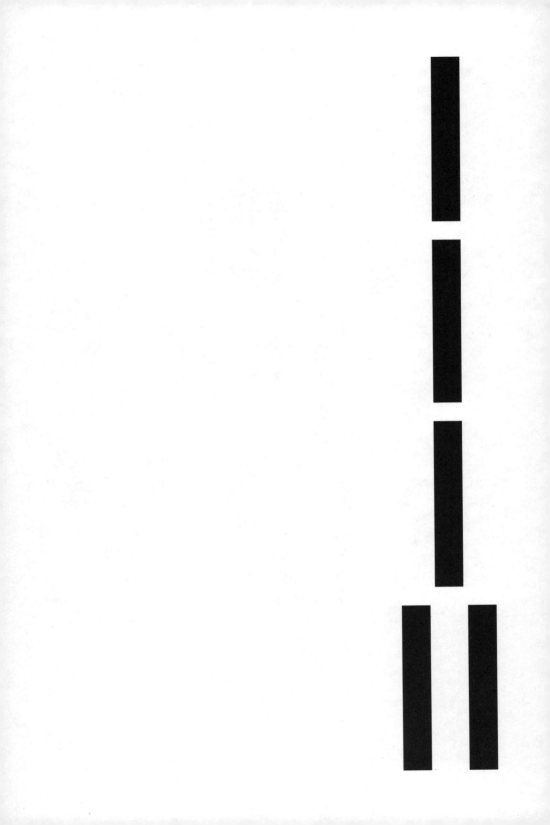

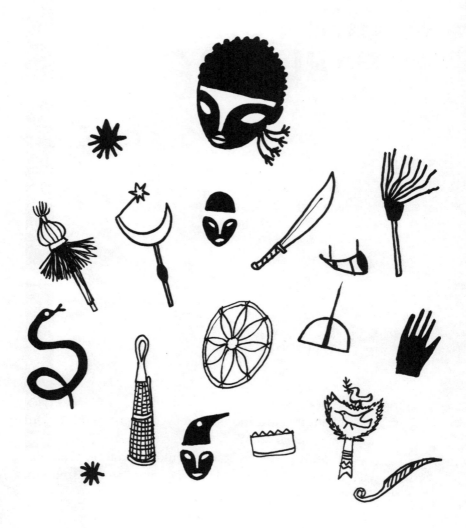

3. COM QUE DEUSA VOCÊ QUER SE PARECER?

Já era tarde e os outros filhos de Olorum vieram ao palácio cumprimentar o pai. Foi servido um jantar com comidas e bebidas diversas que contemplavam o gosto de cada divindade presente. Felizmente, as oferendas feitas naquele dia pelos humanos viventes, que Exu transportara do Aiê para o Orum, haviam sido fartas e deliciosas.

Exu comeu de tudo um pouco, sempre se antecipando aos demais. Comeu muito. A menina também provou um bocado de cada prato, acompanhando Exu.

Terminado o repasto, Olorum deixou que Ifá conduzisse a assembleia que se formou espontaneamente e se retirou para descansar.

— Irmãs e irmãos — disse Ifá. — Esta menina, Aimó, a esquecida, não tem família e, além disso, morreu tão cedo que não merece ser lembrada por nenhum feito. Não teve tempo para isso, coitadinha. Mesmo assim, devemos encontrar uma maneira de ela retornar ao Aiê.

— É contra a lei do renascimento — protestou Xangô.

— São ordens de nosso pai, meu irmão — afirmou Exu. — Você sempre metido a juiz mandão! Vai encarar?

Xangô deu de ombros e se afastou para flertar com suas mulheres.

— Tem mais — disse Ifá. — Ela pouco se lembra de sua última vida na Terra, não sabe o próprio nome nem o da família ou em que povoado vivia. Enfim, ela não sabe a qual de nós sua família pertence, não sabe qual é seu orixá.

— Então ela não sabe de qual de nós descende? Não merece reencarnar — escandalizou-se Ogum, pronto para sacar a espada e acabar com o problema.

— Calma aí, acho que ela é minha descendente — interpôs-se Exu. — Não viram ela comer comigo? Não parecia uma legítima filha de Exu?

— A mim só pareceu uma menina gulosa e mal-educada — disse Oxum. — Mas é bonita como eu, vai ter lindos seios, belas ancas, muito ouro para enfeitar os cabelos.

Iansã não concordou:

— Não vá dizer que é sua filha, porque nada nela combina com seu temperamento, minha irmã. Basta ver a coragem e a autoconfiança que o olhar da menina transmite para reconhecer uma filha de Iansã.

Iemanjá contestou:

— Enquanto vocês ficam aí disputando a filha alheia, o que, aliás, é um péssimo costume de muitos de nós, a pobrezinha acabou adormecendo recostada em meu colo. Querem prova maior de filiação? Ela sentiu que eu sou a mãe dela.

— Que nada, ela é minha! — gritou Euá. — Ninguém notou que a história dela é um mistério completo que a faz se parecer comigo? Tal mãe, tal filha — afirmou, exibindo sua cabacinha de segredos, que continha ninguém sabia o quê.

— Ela é mais minha do que sua — contestou Obá. — Minhas filhas são excelentes damas de companhia. É o que ela foi no Aiê e, pelo que sei, a tal da sinhazinha nunca reclamou.

Nanã se apoiou em Oxumarê, levantou-se, assumiu seu ar de senioridade e disse:

— Discordo. Se a omobinrin veio bater direto na porta de Olorum em busca de uma solução para sua triste situação, sem perder tempo por aí, é porque é dona de grande saber e experiência, embora não pareça. A menina é minha filha. Só pode.

Aimó, que até então parecia dormir no colo de Iemanjá, abriu os olhos e reclamou baixinho:

— Eu quero minha mãe, eu quero minha mãezinha.

Todos voltaram a atenção para ela, mas a menina fechou os olhos e pareceu dormir de novo. Talvez estivesse sonhando.

Os orixás falavam ao mesmo tempo, ninguém ouvia ninguém. A confusão estava criada, e levou alguns minutos até que a ordem fosse restabelecida e Ifá retomasse o controle.

— Essa disputa não leva a nada. Se vocês me dão agô, se vocês me dão licença, vou consultar meus búzios para saber qual é a vontade de nosso pai Olorum.

— Sem teatro — gritou Exu. — Vá lá dentro e pergunte diretamente a ele.

— Mas ele está dormindo — respondeu Ifá.

— Ele está sempre acordado — insistiu Exu.

Para não levar a discussão adiante, Ifá se deu por vencido. Pediu a Oxalá que o acompanhasse e os dois foram aos aposentos de Olorum. Depois de alguns minutos voltaram com a resposta.

Então, Ifá disse:

— Como todos sabem, ela precisa de um orixá como ancestral. Precisa ter seu deus pessoal. Sem isso não pode renascer. Cóssi orixá cóssi araiê, é a lei: sem orixá não existe ser humano. Mas para se ter um orixá é preciso ter uma família, porque o orixá é herança que passa de pai para filho. Geração após geração, desde a primeira, em uma longa linhagem familiar que se inicia com o próprio orixá. Por séculos e séculos tem sido assim. Não é verdade?

— Manda ela para o Brasil e pronto — interrompeu Exu.

— Para o Brasil? — gritaram os demais.

— Calma, eu chego lá — retomou Ifá antes que uma nova confusão se formasse. — Muitos e muitos dos nossos têm sido levados de nosso antigo lugar para o outro lado do mar, para terras muito distantes, para novas nações onde quem manda são os brancos que escravizam nosso povo. A escravidão separa os nossos de suas famílias para sempre, os faz esquecer suas origens e seus orixás, e os obriga a louvar um outro deus. Nós sabemos que o deus deles é o nosso pai, Olorum, com outra cor e outro nome, mas eles não sabem.

— Vamos ao que interessa, já é tarde — pediu Nanã, demonstrando impaciência.

— Os nossos que vivem do lado de lá da grande água ganham novos nomes, novas famílias e, como disse, uma nova religião. Eles aceitam porque não são livres para escolher, são escravos. Mas aos poucos e com grande sacrifício vão conquistando a liberdade e se organizando para refazer suas verdadeiras tradições. E nós, orixás, somos parte disso.

— Somos o todo, e não parte — corrigiu Ossaim.

— Que seja — admitiu Ifá. — O fato é que se alguém não conhece sua família biológica, não pode saber qual de nós é seu orixá. Um problema aparentemente insolúvel para nosso povo que vive na nova nação. Mas eles deram um jeito e cada um tem seu orixá, sim.

— E como funciona? — interessou-se Oxóssi.

— Uma vez que desconhecem o orixá que deveriam cultuar por herança de família, herança de sangue, cada um tem um orixá adotado por indicação dos sacerdotes. No final, todos os orixás continuam tendo seus filhos, que se reúnem em novas famílias. Esses filhos também nos dão tudo de que precisamos e, em troca, nós lhes damos saúde, vida longa, amor, alegria e fartura. Tanto é verdade que recebemos de lá muitas oferendas, não é, Exu?

— É isso aí — confirmou Exu, engolindo num só gole o conteúdo de uma quartinha de aguardente de cana-de-açúcar que acabara de trazer de lá.

Ifá retomou a palavra e concluiu sua longa exposição:

— Desse modo, os nossos que foram levados para o lado de lá do oceano mantêm vivas e fazem prosperar as nossas mais antigas e queridas crenças e costumes. Nós também estamos no novo mundo, meus irmãos.

— Gênio! — saudou Oxalá. — Cada vez tenho mais orgulho da espécie que eu criei; a humanidade é mesmo a maior obra da Criação.

— Se eu fosse você, seu exibido, manteria as barbas de molho. Seu povinho tem feito muita besteira — criticou Exu.

Ifá pôs o dedo na vertical contra a boca fechada, pedindo para Exu se calar, e continuou:

— Conclusão: nosso mais que sábio pai acabou de aprovar essa inovação, essa ideia de orixá adotado. Sua palavra final é que Aimó escolha que orixá deseja adotar como mãe.

— Não pode ser um pai? — reclamou Omulu, decepcionado com a discriminação do gênero masculino. — Protesto em nome de meus irmãos Exu, Ogum, Oxóssi, Ossaim, Xangô, Iroco, Odudua, Oxaguiã e Oxalá.

— Pode incluir meu nome e o de Logum Edé nessa lista, Omulu — resmungou Oxumarê. — Justo nós dois que poderíamos ser pai e mãe ficamos de fora. Injustiça em dobro.

— Mãe e pai simultânea ou alternadamente, duas grandes opções — brincou Ogum.

— Vá se danar — responderam Logum Edé e Oxumarê juntos.

— Bom, nós dois, que ainda somos crianças — disse um dos gêmeos Ibejis —, não temos nada a reclamar.

Ifá fez gestos aflitos pedindo silêncio e falou:

— Nosso pai disse para eu fazer uma pergunta a Aimó. E vou fazê-la agora. A resposta à questão levantada por Omulu está na pergunta dele, que fala em mãe e não fala em pai. Também fui excluído. Interpretem como quiserem.

Aimó foi acordada e posta de pé diante de Ifá, que disse a ela:

— Por desejo de Olorum, você vai fazer uma escolha, minha menina. Vai escolher sua mãe no Orum, a deusa que você louvará no Aiê como sua origem ancestral. Você pode escolher entre Iemanjá, Nanã, Oxum, Euá, Obá e Iansã, todas aqui presentes. De qual delas você quer ser filha? Lembre-se que as filhas costumam se parecer com a mãe, herdam dela muitos traços, então escolha bem. É Olorum quem pergunta: com que deusa você quer se parecer, menina?

A prontidão com que Aimó respondeu gerou surpresa geral.

— Não sei qual escolher. Não conheço bem nenhuma delas.

Superado o momento de indignação das aiabás, que se sentiram rejeitadas pela menina, Ifá disse:

— Essa resposta era mesmo esperada, omobinrin mi. O desejo de Olorum é que você renasça no Aiê em terras brasileiras. Aqui no Orum você vai adotar seu orixá e, lá no Aiê, no momento certo, será adotada por uma das muitas novas famílias que se formam para louvar os orixás. Mas antes de sua escolha, e para que seja uma escolha bem-feita, você vai acompanhar por um tempo o dia a dia de cada uma de suas possíveis mães. E depois de conhecê-las bem, você decidirá de qual delas será filha quando renascer na nova nação.

— É uma boa ideia — aprovou Xangô.

Ifá continuou:

— Em sua nova vida, uma sacerdotisa ou um sacerdote dos orixás saberá reconhecer sua escolha feita no Orum antes do novo nascimento. Depois, omó mi, minha criança, trate de viver a vida da melhor maneira para ser feliz. Se você conseguir, terei uma nova história para contar a quem estiver na sua situação, a história de Aimó em busca da vida.

Aimó quase chorou de alegria, mas se controlou a tempo. Ifá disse ainda:

— Exu vai acompanhá-la em sua jornada e vai cuidar direitinho de você.

— Sempre eu — reclamou Exu.

— Eu também estarei presente — afirmou Ifá — quando necessário.

Ifá comunicou que assim que Aimó tomasse uma decisão, eles voltariam a se reunir no palácio de Olorum para ouvir a palavra final da menina esquecida. Em seguida, abriu seu sorriso de sabe-tudo e fez o convite irrecusável:

— Hoje falamos muito da nova nação que está sendo construída pelo nosso povo levado além do mar, para lá do omi nlá, a água grande. Acho que é hora de fazermos mais uma visitinha a nossa nova terra, provar o que eles têm de bom para comer e beber, ouvir nossos novos músicos com seus atabaques, agogôs e xequerês. Vamos lá comemorar. Vamos dançar no Brasil, minhas irmãs e meus irmãos.

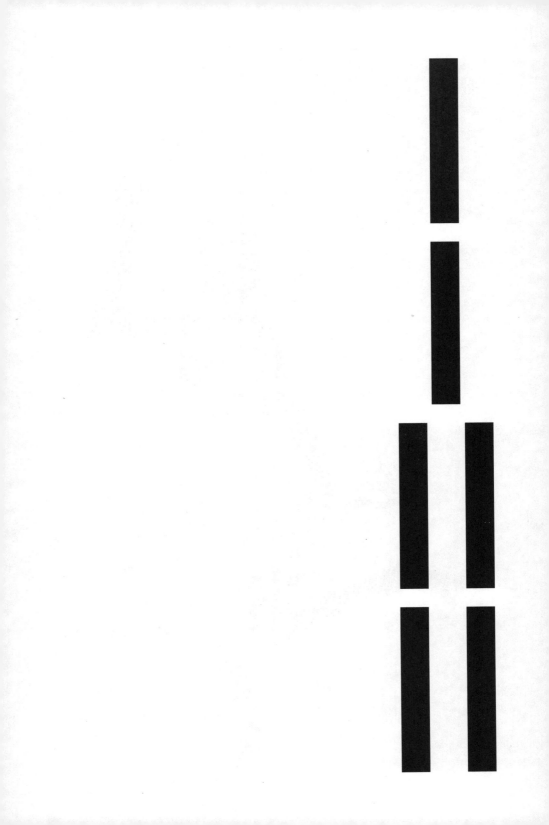

4. UMA DANÇA NA CONQUISTA DE UM HERÓI

Os orixás foram quase todos festejar no Brasil. Oxum não foi, alegando ter um compromisso inadiável. Exu lamentou muito não poder ir: tinha de acompanhar Aimó, que a partir daquele momento se embrenharia por lugares e tempos mitológicos e enfrentaria situações e sentimentos perigosos antes de nascer de novo. E ia precisar de um guia esperto e poderoso que a defendesse do risco de se precipitar em sua escolha e enganar a si mesma.

Exu resolveu não perder tempo e tratou de seguir Oxum, levando Aimó pela mão.

Antes de se separarem, contudo, Ifá entregara à menina uma matalotagem abarrotada de comida oferecida pelos humanos. Despediu-se dizendo:

— Exu vai acompanhá-la, mas ele não faz nada sem receber pagamento. De vez em quando dê um agrado a ele. Exu adora comida e bebida. Mas seja dura; ele costuma trapacear e se diverte criando confusão. Procure descobrir as verdadeiras intenções por trás de seu comportamento aparentemente desordeiro e inadequado, e descobrirá o quanto Exu é odara, absolutamente positivo, e como ele pode ajudar nas situações mais difíceis. Boa sorte.

Partiram.

Num piscar de olhos, a paisagem era outra, e Aimó teve a sensação de estar no mundo em que ela vivia antes. Teriam voltado ao Aiê? Será que isso era o renascimento, nunca mais as lágrimas do esquecimento? Ela estava sozinha, mais um indício de que deixara o mundo dos orixás. Porém, em menos de um segundo, Exu estava de novo a seu lado, mastigando, como sempre. Aimó queria lhe fazer mil perguntas, nem sabia por onde começar. Ao sentir seu coração se aquecer com o calor da terra sob seus pés descalços, ela viu gente que caminhava ao encontro deles.

Eram mulheres a caminho da roça, levando seus instrumentos de trabalho e arrastando atrás de si um bando de filhos de todas as idades, meninos e meninas que se agitavam, brincalhões, barulhentos, repreendidos sem insistência pelas mães, mais ocupadas em manter a animada conversa entre si. Aimó se alegrou, queria gritar, agarrar-se à saia de uma daquelas mães, recuperar sua família. Mas as mulheres e as crianças passaram por ela sem demonstrar nenhum sinal de que a tivessem visto, como se ela estivesse morta e fosse apenas um egum errante, um espírito invisível.

Exu a tirou do êxtase:

— É isso mesmo que você é aqui, omobinrin mi, um egum errante.

— Você leu meu pensamento! — exclamou Aimó, surpresa.

— Só estou lhe lembrando quem você é. Espírito invisível, ninguém vai lhe dizer bom-dia ou boa-tarde por aqui. Fique longe dos viventes, ou nunca vai conseguir encontrar sua mãe.

— Tenho tanta saudade dos abraços da minha mãe. Disso nunca me esqueci.

— Então tome cuidado. Se alguma feiticeira a vir zanzando por aqui, ela prende você numa cabaça e a transforma em um espírito escravo, e você vai trabalhar para ela e nunca vai renascer.

— Uma feiticeira poderia me ver? Mas eu não sou um espírito invisível? Você disse que eu era!

— Tem gente que vê tudo, menina, inclusive o que ninguém vê. Até o que não existe! — Exu disse e caiu numa gargalhada, deixando a menina completamente desenxabida.

Ele pegou a menina pela mão e apertou o passo.

Aimó seguia Exu por uma longa trilha na floresta, que uma vez ou outra desembocava em algum pequeno povoado. Aproveitavam para beber água, comer e descansar um pouco. Depois seguiam em frente. Fazia muito calor, e Aimó perguntou a Exu se não existia um lugar onde ela pudesse renascer que não fosse tão quente.

— Tem lugar tão frio que a água vira pedra, quer ir para lá? — ele disse. — Isto é, se é que um dia você vai poder renascer em algum lugar.

— Difícil acreditar, água dura feito pedra.

— Está me chamando de mentiroso, menina?

— Não, meu pai, desculpe.

— E não me chame de pai! Você não tem nem pai nem mãe, e é por isso que sou obrigado a levá-la para lá e para cá feito encomenda sem destinatário.

Seguiram em silêncio e depois de algum tempo encontraram no caminho um grupo de mulheres que se dirigiam ao mercado da cidade mais próxima para vender os produtos da família. Carregavam na cabeça sacos de obis, tabuleiros de acarajés e acaçás, cestas de frutas e cabaças de azeite. Umas levavam atado às costas o filho mais novo e conduziam pela mão os que já podiam andar. Exu quis experimentar de tudo um pouco e adorou quando as mulheres disseram que não precisava pagar nada, era presente. Elas reconheceram o mensageiro pelo chapéu de duas cores e pela impertinência com que tentava bolinar as mais bonitas. Aimó aceitou somente um acarajé e um pouco de água. Uma das vendedoras disse que na cidade de Irê o comércio andava muito fraco, pois parecia que o rei tinha abandonado o local, provocando o caos. Por isso elas estavam indo para outro povoado. Então despediram-se e retomaram seu caminho, cada grupo para um lado.

Aimó tinha uma dúvida:

— Exu, se eu sou invisível aos que vivem, como as mulheres me viram e ainda me deram o que comer e beber?

— Se viram a mim, porque não veriam minha acompanhante? — explicou Exu, se gabando. — Comigo não tem essa do que pode e do que não pode. Não bota fé nos meus poderes, omobinrin? Nós dois saímos no lucro!

Mais tarde, Exu e Aimó chegaram à beira de um rio largo e agitado.

— Temos que atravessar — disse Exu. — Estas águas podem ser traiçoeiras. Vamos fazer uma oferenda. Abra o saco e procure alguma coisa de que Oxum goste muito.

— Por que Oxum?

— Não aprendeu, não? Isso aqui é um rio. — Virou as costas para Aimó e resmungou: — Menina ignorante!

Aimó abriu a matalotagem e foi tirando de dentro dela muitos presentes que poderiam ser oferecidos ao rio: cestos de obis e orobôs, tigelas de feijão-fradinho, porções de inhame assado embrulhadas em folha de bananeira, cabaças de vinho, potes de azeite e de mel, galinhas gordas e cacarejantes, cachos de banana madura, dúzias de ovos frescos, outras de ovos cozidos, gamelas de quiabos refogados, alguidares de feijão-preto, pencas de pimenta-da-costa em favas, tabuleiros de acarajé, acaçá, ecuru e abará, tábuas de cocada. Exu fazia caretas indicativas de que o presente ideal não era aquele. Até que uma cabra amarela, quase dourada, pulou de dentro do saco de ofertas e se pôs a balir.

— Pronto — disse Exu. — Veja como o rio se acalma.

Depois de oferecerem a cabra de presente a Oxum, atravessaram o rio a vau sem dificuldade e seguiram adiante.

Aimó caminhava segurando a mão de Exu, mas sentia que de repente ele não estava mais ali. Ela mal se dava conta de estar caminhando sozinha e de novo se sentia agarrada a ele. O saco que ela carregava também ficava mais leve ou mais pesado em segundos, sem que ela tocasse em nada.

Depois de dias e dias de caminhada, ou talvez horas ou minutos, ela não sabia dizer ao certo, chegaram a um povoado e foram diretamente ao mercado. Exu perguntou a uma vendedora de acaçá se o adivinho andava por ali. A mulher apontou para o lugar onde ele se instalara para praticar seu oráculo, atendendo as pessoas que lhe traziam problemas e dúvidas para resolver. Viram que ele se despedia de uma mulher que acabara de consultá-lo e que certamente recebera bons presságios, pois sorria muito quando estendeu a ele um punhado de búzios como pagamento pela consulta.

Aproximaram-se do puxadinho onde Ifá fazia seus jogos de adivinhação, um telhado de palha sobre estacas, fixado em um dos lados à parede de uma casa simples de taipa. Assim que viu os dois viajantes, ele se levantou da esteira estendida no chão de terra batida e os recebeu com alegria.

— Mojubá, meus cumprimentos, meu irmão Exu e nossa querida menina esquecida. Estão à minha procura?

— Não, Ifá, eu trouxe a menina para conhecer Oxum de perto. Você sabe muito bem disso, não se faça de tolo. Mojubá mesmo assim.

— E você já contou a ela por que Oxum vai aparecer aqui hoje, nesta decadente e desesperançosa cidade? — perguntou Ifá.

— Não contei nada. Quem conta histórias é você, não eu — respondeu Exu.

— Então vou contar como foi que tudo começou. Será melhor a menina ver o final com os próprios olhos e ouvir com os próprios ouvidos, uma vez que Oxum estará presente. Quem sabe ela gosta do que vai ver e, depois, escolha Oxum para ser sua mãe, não é?

— Conte tudo para ela que eu volto logo — disse Exu, partindo em disparada.

Ifá e a menina caminharam uns poucos passos e se sentaram à sombra de um baobá, onde Ifá esperava não ser importunado por nenhum cliente impaciente, e o adivinho contou como tudo havia começado ali naquela cidade.

Aimó ficou sabendo que Ogum, o rei de Irê, ao voltar vitorioso de uma de suas guerras, foi recebido sem festa alguma por seu povo. Tudo era silêncio. Até parecia que ninguém havia reconhecido o rei guerreiro, que esperava ser, como de outras vezes, contemplado com homenagens, honrarias e gratidão por seu triunfo.

O trágico desdobramento desse caso foi pausadamente narrado por Ifá. Enfurecido com o descaso de seus súditos, e com suas armas ainda manchadas pelo sangue do inimigo, Ogum investiu contra seu próprio povo, cortando cabeças, matando sua própria gente. Quando o sangue já cobria o chão de Irê, um velho conselheiro acusou Ogum de traição, dizendo-lhe que o silêncio do povo à sua chegada era devido ao preceito da homenagem aos ancestrais, cerimônia que naquele dia a cidade celebrava. Somente então Ogum se deu conta de seu terrível engano. Preocupado unicamente com suas glórias, ele não só quebrara o preceito do silêncio como matara muitos inocentes, gente sua, que o amava, que devia sempre viver sob sua proteção. Desesperado, atirou longe sua coroa de rei de Irê e sua espada, rasgou suas roupas e se cobriu de folhas de palmeira, em luto, esperando pelo castigo merecido.

— Pobre povo inocente — condoeu-se Aimó.

Ifá fez um carinho tímido nos cabelos da menina e contou que Obatalá, o mais velho dos orixás, preferiu livrar Ogum da morte que a lei previa e o condenou a trabalhar na forja para sempre. O rei seria apenas o ferreiro, como um dia havia sido o agricultor e antes disso o caçador da floresta. E assim, por muito tempo, Ogum se dedicou à arte do ferreiro, fabricando utensílios para a vida e para a morte. De sua oficina saía tudo que corta, tudo que capina e que ara, tudo que serra, que separa e prega e raspa. Até que um dia, farto de sua labuta, cansado da cidade e de sua profissão, abandonou tudo e foi viver sozinho na floresta.

— Também fiquei com pena dele — disse a menina.

A seguir Ifá contou que muitos emissários foram enviados para convencer Ogum a voltar à cidade e à forja. Ninguém podia ficar sem os artigos de ferro de Ogum: facas, facões, espadas e punhais, enxadas, enxadões, rastelos e ancinhos, mais as tenazes e os martelos, tesouras e navalhas. Mas Ogum não queria ver ninguém, queria ficar no mato, sozinho, não ouvia as queixas de seu povo, não aceitava presentes nem argumentos, e escorraçava todos que o procuravam, sob ameaças e maldições.

— Mas não houve quem fizesse Ogum mudar de ideia? — perguntou Aimó.

— A melhor parte ainda nem começou — disse Ifá sem muita paciência. — Agora vem justamente o que interessa a você.

— Posso perguntar uma coisa antes? Desculpe, mas faz tempo que estou com isso na cabeça — pediu Aimó.

O adivinho fez que sim.

Mudando completamente de assunto, Aimó perguntou se Ifá não tinha ido com os demais orixás dançar naquela terra que ficava do outro lado da água grande.

— Fui, mas eu não danço — ele respondeu.

Exu reapareceu num átimo e se intrometeu:

— Ele só conta histórias, Ifá é um contador de histórias, não tem tempo para dançar. Na verdade, não gosta e não sabe — acrescentou, rindo. — Só sabe dizer para os interessados, se eles pagarem bem, o que já aconteceu, o que está acontecendo e o que acontecerá com eles. Descobre qual história está se repetindo. Porque tudo o que acontece já aconteceu antes; na vida tudo é sempre igual, uma chatice.

— Eu não acho a vida chata — interrompeu a menina.

— E por acaso você viveu o suficiente para saber? — disse Exu. — Tem lembrança do que era?

— Chega de conversa — interrompeu Ifá. — Tem muita gente por aí precisando de meus serviços. Vamos acabar logo com essa história de Ogum. E preste mais atenção, omobinrin mi, porque é aqui que surge uma candidata a sua mãe.

Aimó aplaudiu, entusiasmada, e ouviu de Ifá as seguintes palavras:

**A partir do momento em que Ogum abandonou
sua cidade e sua forja para se refugiar na floresta,
o mundo começou a caminhar para trás.
Sem instrumentos para cultivar a terra,
as lavouras fracassavam e o povo já passava fome.
Sem armas para se defender dos inimigos,
a cidade vivia aterrorizada diante da possibilidade de uma invasão.
Todos os embaixadores que levaram a Ogum
os clamores de seu povo para que ele voltasse
haviam falhado completamente.
Quando o povo se reuniu para pensar no que fazer,
uma bela e frágil jovem, vinda de outro lugar,
se ofereceu para trazer Ogum de volta à cidade e à forja.
Ela o convenceria com seus encantos.
Chamava-se Oxum a bela e jovem voluntária.
Todos escarneceram dela, tão jovem, tão bela, tão frágil.
Ela seria escorraçada por Ogum!
Houve quem temesse por ela:
Ogum era violento, poderia machucá-la,
possuí-la à força e até matá-la.
Mas Oxum insistiu,
disse que tinha poderes de que os demais nem suspeitavam.
Obatalá, que a tudo escutava mudo,
levantou a mão e impôs silêncio.**

> Oxum o convencera,
> ela podia ir à floresta e tentar.

Nesse momento, Ifá interrompeu a narrativa e chamou a atenção de Aimó para uma bela mulher que passava por eles, seguida pelos gracejos e olhares desejosos dos homens que observavam seu caminhar em direção à floresta. Ele disse que era Oxum e falou para a menina a seguir, com os devidos cuidados para não ser vista nem se meter na história que ia presenciar. E assim fez Aimó, e o que está contado a seguir foi o que ela viu.

> Caminhando com graça,
> Oxum entrou no mato e se aproximou do lugar
> onde Ogum costumava acampar.
> Presos à cintura, ela usava cinco lenços
> transparentes e esvoaçantes, e só.
> Tinha o cabelo preso no alto da cabeça por fios de contas de vidro,
> os pés descalços, os braços carregados de pulseiras de ouro e de cobre.
> Colares de peças miúdas de cerâmica, miçangas de louça
> e seguis de cristal preenchiam o vão entre seus seios nus
> e empinados.
> Oxum dançava agora, já não caminhava mais.
> Oxum dançava como a brisa que ondula a superfície da lagoa,
> purificando o ar com o perfume de seu corpo em movimento.
> Ogum sentiu-se imediatamente atraído, irremediavelmente conquistado
> pela visão estonteante, mas se manteve à distância.
> Ficou à espreita atrás dos arbustos, absorto,
> admirando Oxum embevecido.
> Oxum via o guerreiro, mas fazia de conta que não.
> A cada passo de sua dança, ela se aproximava dele,
> mas fingia não notar sua presença.
> A dança e o vento faziam flutuar os cinco lenços da cintura,
> mostrando de Oxum toda a nudez.
> Ela dançava, o enlouquecia.
> Oxum se aproximava e com dedos atrevidos
> lambuzava de mel os lábios de Ogum.
> E ela o atraía para si e avançava mata afora,
> sutilmente tomando a direção da cidade.

Mais dança, mais mel, mais sedução,
Ogum não se dava conta do estratagema da dançarina.
Ela ia na frente, ele a seguia inebriado, louco de desejo.

Nessa altura, Aimó seguia o casal, escondendo-se atrás das moitas que ladeavam o caminho. Aimó imitava Oxum, acompanhando, muito desajeitadamente, seus passos de dança, seus gestos de sedução, fazendo caras e bocas, imaginando o mel brotando da ponta de seus dedos, já se sentindo a própria Oxum, com o cabelo enfeitado por contas brilhantes, os pulsos envolvidos por argolas douradas, o pescoço elegante rodeado de joias. Já se sentia uma filha de Oxum; teria encontrado sua mãe? Voltou à realidade advertida por gestos imperativos de Exu para que prestasse atenção à história que se desenrolava diante de seus olhos.

E lá iam Oxum e Ogum em sua dança,
e quando Ogum percebeu,
os dois se encontravam na praça da cidade.
Os orixás todos estavam lá com o povo
e aclamavam o casal em seu bailado de amor.
Ogum estava na cidade, Ogum voltara!
Temendo ser tomado como fraco,
enganado pela sedução de uma mulher bonita,
Ogum deu a entender que voltara por gosto e vontade própria.
E nunca mais abandonaria a cidade.
E nunca mais abandonaria sua forja.
E o povo aplaudia a dança de Oxum.
Ogum voltou à forja e os homens voltaram a usar seus utensílios
e houve novas plantações e boas colheitas
e a fartura baniu a fome e espantou a morte.
O povo se sentiu seguro e protegido
e aclamou Ogum seu rei eterno.
Oxum e sua dança de amor,
que devolveram um rei guerreiro a seu povo,
seriam para sempre lembradas.
Mas naquele momento, ali na praça, o que importava
era comemorar o feito.

**O retorno merecia uma grande celebração
e a cidade antes entristecida transformou-se em uma festa.
Os tocadores correram para buscar seus instrumentos musicais,
quem sabia cozinhar acendeu o fogo e encheu as panelas,
quem não sabia trouxe ingredientes,
trouxeram bebidas, enfeitaram a praça,
vestiram as melhores roupas,
adornaram-se com as joias mais reluzentes.
E a festa avançou noite adentro,
no centro da celebração, Ogum e Oxum,
o rei com sua rainha.**

Aproveitando-se de um segundo de ausência de Exu, Aimó se juntou à multidão festiva e caiu na dança. Pôs-se bem próxima a Oxum e a imitou em tudo. Já nem se sentia mais uma menina, mas sim uma mulher, atraída pelo corpo musculoso de Ogum, pela força que dele emanava, admirando os passos desajeitados do guerreiro, sentindo seu cheiro suarento de homem que trabalha na forja, na boca do fogo, modelando o ferro derretido.

Aimó achava que ninguém a via, por isso podia dar vazão aos seus sentimentos e desejos de viver. Mas eis que dois homens a cercaram com atitudes inequívocas de que ela não era bem-vinda. Eles empunhavam longas varas e com elas fizeram a menina se afastar da praça e correr de volta à floresta.

Exu a esperava na entrada do matagal, sentado e se fartando com um verdadeiro banquete. Ele fez sinal a ela para que se sentasse a seu lado, apontou para a comida e esclareceu:

— Presente da cidade, porque Ogum voltou.

— Mas ele foi trazido por Oxum, você não fez nada, só ficou vendo. Por que ganhou presente?

— Você tem muito a aprender, menina esquecida. — Exu disse e, mudando de assunto, perguntou: — Os ojés machucaram você?

— Ojés?

— Os dois sacerdotes do culto aos mortos, aqueles com as varas.

— Ah, não. Estou bem. Achei minha mãe, estou feliz, muito feliz.

— Achou, é? — disse Exu, zombeteiro, de boca cheia. Engoliu o que mastigava e encarou Aimó: — Pensa que pode ir achando assim? Vê uma mulher bonita e diz que quer ser daquele jeito e pronto. Isso toda menina quer. Você tem uma longa caminhada pela frente. Tem que cumprir o preceito inteiro, omó mi.

Encarou a menina bem de perto e continuou:

— E não caia de novo na besteira de se meter no meio do povo. Os ojés estão sempre de prontidão para expulsar os espíritos indesejados. Eles somente respeitam e veneram os egunguns, que são os eguns de antepassados famosos, homens ilustres, responsáveis por grandes proezas na vida, e que podem ajudar os viventes porque estão próximos dos orixás. Não são uns mortos quaisquer, como você.

O sorriso se desfez no rosto de Aimó, mas dessa vez ela não chorou. Mesmo que não pudesse escolher Oxum agora, seu coração estava cheio de esperança. Exu guardou as sobras da refeição nos bolsos de sua túnica vermelha e preta, se levantou, deu a mão engordurada à menina e disse:

— Vamos.

E retomaram seu caminho à procura da identidade de Aimó.

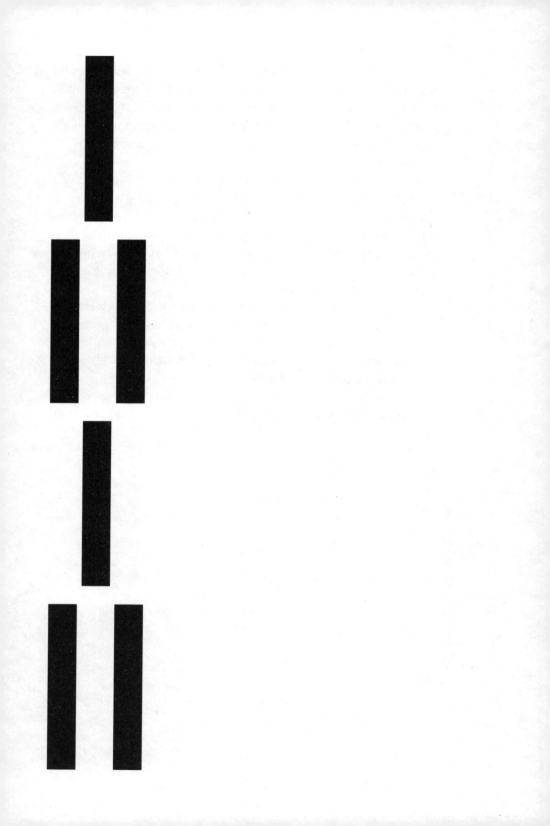

5. UMA LAVADEIRA ENGANA A MORTE

Depois de um ou dois dias de caminhada, chegaram a uma clareira dominada por uma ruidosa cachoeira, que se precipitava montanha abaixo para se transformar em um riacho cristalino que corria calmamente serpenteando pelo vale.

Ao pé da queda-d'água, Exu sugeriu:

— Que tal um banho para refrescar?

Aimó reagiu com surpresa:

— Não sabia que orixá tomava banho!

— Como assim? Pensa que vivemos sujos, como gostam de viver muitos humanos, que eu sei? Que nojo!

— Não quis ofender.

— Se você não fosse burra, esquecida e inexperiente, saberia que uma coisa que os viventes nos dão como oferenda são os banhos. Banhos que eles, vocês, também tomam. Não se recorda de ter ouvido falar dos banhos de abô, os banhos de folhas maceradas em água fresca, ótimos para acalmar? E agitar, quando preciso. Graças a Ossaim, que comanda o mundo vegetal e sabe todos os encantamentos que fazem das folhas remédios preciosos.

— Sempre tem um orixá metido nas histórias — disse Aimó.

— Mundo, natureza, gente, bicho, orixá são coisas que não se separam, omobinrin mi. E não me pergunte mais nada ou vou acabar virando um olucó, um professor. Coisa horrorosa!

— Está bem, está bem, vamos ao banho.

Enfiaram-se sob a cachoeira. A água estava muito fria. Eles

gritaram, riram, brincaram. Depois se estenderam na grama para secar. Exu mastigava um talo de capim. Voltou-se para Aimó e ordenou:

— Pegue um acaçá no saco e ponha ali na margem. Pagamento a Oxum.

— Lá vem orixá — resmungou a menina, procurando a oferenda na bagunça da matalotagem. — Quer um também? — perguntou a Exu, sem se voltar para ele.

— Sempre. Exu come antes de qualquer orixá.

— Já sei. Perguntei por perguntar.

— Se Ifá estivesse aqui — disse Exu, comendo o acaçá numa dentada só —, ele contaria que essa cachoeira foi uma oferenda que Oxum ganhou de um rei, quer dizer, ganhou e não ganhou.

A voz de Ifá se fez ouvir. Estava sentado ao lado dos dois viajantes, que não estranharam o repentino surgimento do adivinho. Naquele mundo maluco, era um tal de ir e vir e estar ao mesmo tempo em lugares diferentes que Aimó nem queria pensar nisso.

— Pegue um acaçá para mim também, Aimó, e eu lhe conto a história de que Exu falou — disse o adivinho.

Depois de comer o acaçá devagar, como se estivesse rememorando o que contaria a seguir, e lamber os dedos, ele contou:

Muito antigamente, numa época de guerra,
Oloú, rei de Oú, chegou com seu exército à beira de um rio.
Tinha que atravessá-lo para adiante deter os inimigos
que vinham de longe invadir suas terras.
Oloú sabia que a margem do rio não era lugar propício para uma batalha.
O babalaô, o adivinho que o aconselhara, havia dito
que lutasse bem longe da água.
Tinha que ultrapassar a corrente para vencer.
Mas as águas do rio eram profundas e revoltosas.
Dificilmente um exército poderia atravessar ali
sem sofrer grandes perdas.
Corredeiras inesperadas, redemoinhos traiçoeiros,
correntes que mudavam de direção a todo instante
pareciam fazer do rio aliado do inimigo.

Oloú fez um pacto com Oxum
para que as águas baixassem e se acalmassem,
deixando-o passar com seu exército.
Ele daria a ela uma bela prenda e para sempre seria agradecido.
Oxum aceitou a oferenda e atendeu ao pedido.
As águas de repente tornaram-se rasas e tranquilas
e o rei passou com seus homens, seus cavalos, suas armas e sua força.
Antes de seguir em retirada,
o rei atirou nas águas do rio um grande presente:
as comidas e bebidas preferidas de Oxum,
tecidos multicoloridos, joias ofuscantes legítimas,
perfumes trazidos de terras distantes.
Porém, mal o rei virara as costas,
Oxum rejeitou o sacrifício:
tudo foi devolvido às areias da margem.

Mais adiante, muito longe do rio,
o rei enfrentou o exército inimigo e venceu.
De volta para casa, encontrou de novo o rio intransponível.
Consultou o adivinho:
que oferenda devia ele fazer para atravessar?
O rei tinha uma esposa chamada Bela Prenda,
filha do rei de Ibadã, que estava grávida.
E Oxum queria Bela Prenda,
a esposa, que Oloú prometera na ida e não entregara.
O rei se espantou com as palavras do adivinho.
Argumentou que Oxum se enganara com as palavras.
Ele pagara a promessa de oferecer uma bela prenda,
e claro que ele se referia a belos presentes,
belas oferendas, belo sacrifício,
e não, evidentemente, a sua adorada e soberana esposa.
Oxum ou simplesmente não ouvira direito
ou interpretara mal suas palavras.
Isso só fez aumentar a ira do rio.
As águas cresceram em violência, ele não passaria.

No final, não houve negociação,
e o rei, sem ter outra saída, atirou sua esposa ao rio.

O rio serenou, ficou liso como um tapete
e abriu caminho ao rei.
No leito das águas a rainha deu à luz uma menina.
Mãe e filha, uma dupla oferenda.
Mas assim que o exército passou para o outro lado,
a criança recém-nascida foi devolvida à margem do rio.
Oxum só queria Bela Prenda.
O rei de Oú, consternado e consumido,
voltou para casa e mandou avisar o sogro do ocorrido.
O rei de Ibadã se sentiu traído,
invadiu o reino de Oú e puniu com a morte
o rei imprudente que jogara com palavras,
um jogo muito perigoso.
"A culpa não é de quem não entende o que é dito,
mas de quem fala o que não se pode entender",
disse o rei de Ibadã, justificando a punição.

Durante a narrativa, a aflição de Aimó aumentou a ponto de ela não poder mais permanecer calada. Interrompeu Ifá e disse, inconformada:

— Pobre rainha, não tinha nada a ver com a história do marido e acabou sendo afogada. Não sei mais se Oxum seria uma boa mãe...

— Cale-se e escute o final, omobinrin, ainda não acabei. E aprenda que a vida em família é assim mesmo. Você teve culpa de ter sido esquecida por sua família? Não teve, mas está arcando com as consequências.

Aimó engoliu em seco e escutou o final.

Oxum aceitou o sacrifício e transformou Bela Prenda
em uma elegante e imponente cachoeira
que se interpõe em seus cursos,
mostra a força do rio
e deixa o mundo dos viventes mais bonito.
O rei de Ibadã, por sua vez,
tratou de criar a neta devolvida pelas águas como uma rainha,
que mais tarde reinou em Oú em honra de Oxum.

Aimó bateu palmas, aliviada. Tudo terminara bem, a cachoeira bem ali à sua frente era linda, e estava viva. Que mãe maravilhosa Oxum poderia ser.

Exu, que estivera ausente no final, mas que já ouvira essa história uma infinidade de vezes, voltou e fez um pedido a Ifá.

— Meu velho, já que estamos aqui à beira do rio, conte para a menina aquela história de Euá, na qual você está metido até os ossos, para não usar expressão mais forte! — disse, se contorcendo de tanto rir.

— Não conto histórias a meu respeito, meu irmão caçula, especialmente quando são mentirosas — reagiu Ifá, indignado. E foi embora sem se despedir.

— Bem — disse Exu a Aimó —, você já vai ver que não tem mentira nenhuma nesse caso. Ifá fica por aí dando uma de santinho inocente, mas quem não o conhece que o compre.

— Fiquei curiosa — disse Aimó. Provando ser uma menina esperta, achou no fundo da matalotagem uma perna de cabrito cozida no azeite de dendê com muita pimenta e a entregou a Exu com uma cuia de aguardente e um pote de água. Esperava que, bem servido, ele não desistisse de lhe contar o que acontecera entre Euá e Ifá.

Ela esperou em silêncio. Depois de matar a fome, ele disse:

— Euá é mulher belíssima. Teve dois filhos gêmeos, os Ibejis, chamados Caió e Caiandê, que você também viu na casa de meu pai. Eu não sou de contar histórias, mas como nosso contador nos abandonou, posso adiantar que um dia os meninos de Euá estavam para morrer de sede, porque toda a água secou por culpa das velhas mães feiticeiras. Ela então se transformou em uma fonte e matou a sede dos filhos e eles viveram para sempre.

— Que bonito, muito odara — disse Aimó, comovida. — Adorei Euá, e ela quer ser minha mãe.

— Todas querem — debochou Exu com uma careta. — Mas vamos ficar por aqui porque alguma coisa interessante está para acontecer.

Os dois permaneceram sentados à beira do rio, tendo ao longe a visão e o rumor da cachoeira. Exu aproveitou o momento de sossego para tirar uma soneca e digerir o cabrito e a aguardente.

O que Aimó presenciou é contado até os dias de hoje pelos

adivinhos que mantêm viva a profissão de Ifá, os tais babalaôs.
Aimó viu, ouviu e sentiu tudo acontecendo bem à sua frente.

Uma bela mulher veio até a beira do rio e,
não longe da cachoeira que descia da montanha,
se instalou com a trouxa de roupas que trazia na cabeça.
A bela mulher veio ao rio lavar roupa.
Ela lavava roupa e cantava, e sua beleza suplantava a da paisagem.
Eis então que a seu encontro
veio correndo um homem fora de si, aterrorizado.
"Euá, me ajude, me salve", gritou ele, implorando à mulher por socorro.
"Orunmilá, o que acontece com você,
todo suado, cansado, com essa cara de medo?",
perguntou Euá, preocupada.

Exu abriu um olho e disse que Orunmilá era outro nome de Ifá.

— Os orixás têm tantos nomes que confundem a gente — comentou Aimó.

— E por acaso vocês também não têm? — respondeu Exu. — E preste atenção no que está acontecendo, para depois não me chamar de mentiroso.

Aimó voltou sua atenção para a cena que se desenrolava diante dela.

Aproximando-se mais da lavadeira,
Orunmilá se atirou em seus braços.
Ele tremia da cabeça aos pés, impossível esconder.
Ela o acudiu, dizendo:
"Me diga, meu caro, que tormento é este?".
"É por causa de Icu, a morte.
Icu, a morte, está em meu encalço
e me quer para ela ainda hoje", ele disse.
"Icu não pode com você", ela disse.
"Não podia, mas alguma coisa saiu errado
e agora ela pode", gemeu Orunmilá.
"Não se preocupe, eu vou ajudá-lo", disse Euá.
Euá escondeu Orunmilá debaixo de sua saia,
entre suas pernas abertas,

e continuou a lavar roupa e a cantarolar.
Não demorou e chegou Icu toda esbaforida.
Era horrorosa, como só a morte podia ser.
Com uma nuvem de moscas rodeando sua cabeça,
Icu fedia,
andava como se estivesse bêbada,
falava com uma voz tenebrosa
que parecia vir direto de um túmulo falante.
Euá agarrou sua cabacinha de segredos,
fez cara de indiferente e recebeu a morte
sem demonstrar medo nem desgosto.
A morte perguntou por Orunmilá.
Por acaso ela o vira por ali,
havia falado com ele, sabia onde ele estava?
Euá respondeu que o vira bem mais cedo,
mas que ele se fora havia muito tempo,
já devia ter atravessado uns quarenta rios.
"E para que lado foi minha comida?", perguntou Icu.
"E não minta para mim ou pego você no lugar dele",
ameaçou a morte.
"Eu não minto nunca",
disse Euá, escondendo a mão esquerda
com os dedos indicador e médio cruzados.
"Ele foi para lá, depois da cachoeira",
informou, apontando com a mão direita o caminho.
A morte resfolegou e disse para Euá:
"Hoje esse adivinho mequetrefe não me escapa".
Para si mesma acrescentou:
"Só pode ser hoje, até o escurecer,
porque amanhã a caça será outra".
E partiu correndo sem agradecer nem se despedir.
As moscas a seguiram.

Quando a morte sumiu na paisagem,
Euá levantou a saia e mandou Orunmilá sair.
Ela estava magoada e brava.
"Eu aqui fazendo o maior teatro,
me arriscando a ser pega na mentira,

fazendo das tripas coração para livrar você da morte", ela disse,
"e você aí embaixo me bolinando o tempo todo!"
"Era o tremor do medo", justificou Orunmilá.
"Sei muito bem a diferença entre tremer de medo
e tremer de gozo", Euá protestou.
"Agora vá e fique escondido até o anoitecer.
E amanhã estará livre.
Não me pergunte por quê.
Foi o que disse aquela maldita nojenta."
Orunmilá agradeceu, se despediu e foi se esconder.
Euá continuou a lavar e a cantar.
Lavava a roupa e punha para secar na grama.
Lavava, secava e cantava.

Aimó viu Euá recolher as roupas lavadas e secas, amarrá-las numa trouxa que equilibrou na cabeça e tomar o caminho da aldeia. Sem saber o que fazer, a menina seguiu a lavadeira, sempre olhando para todos os lados à procura de Exu. Ele havia sumido e Aimó estava quase em pânico.

Na cidade, Aimó sentia que o tempo passava rapidamente. Ela não desgrudava de Euá. Cada vez que olhava, a barriga de Euá parecia maior. Mas ela sentia medo de ser descoberta, precisava chamar Exu, mas como?

Aimó se lembrou dos conselhos que recebera de Ifá na casa de Olorum. Abriu a matalotagem, escolheu as comidas e bebidas que já aprendera que eram as favoritas de Exu e as dispôs no chão bem junto dela, sentada à porta da casa de Euá.

Deu certo. Imediatamente Exu apareceu para se servir.

Aimó não deixou que ele pegasse nada e disse:

— Você me abandonou em um momento bem difícil. Se não estivesse morta, eu teria morrido de medo.

— Engraçadinha!

— Agora, se quiser comer alguma coisa — disse Aimó, apontando para a esteira repleta de coisas gostosas e nutritivas —, antes tem que me contar como acaba essa história.

— Está bem, disse Exu. — Já que Ifá não quer contar, eu conto. Mas as palavras não são minhas. Eu as ouvi por aí. Vendo o peixe pelo preço que comprei. E contou:

**Com o passar dos meses, a barriga de Euá foi crescendo
e um dia ela deu à luz os filhos gêmeos.
Para sempre continuou a mulher bonita e corajosa
que livrou Orunmilá de Icu.
Poucos anos depois, os filhos gêmeos repetiram
a proeza da mãe e enganaram a morte,
em um episódio que os tornou famosos.
Dessa experiência com Orunmilá
surgiu um novo mistério
que Euá guardou em sua cabacinha de segredos e magias:
Euá, a mãe dos filhos gêmeos,
a mulher bonita que não teme a morte,
continuou virgem para sempre.**

Aimó aplaudiu e agradeceu Exu.

— Modupué babá mi, obrigada, meu pai — disse Aimó a Exu. Essa fora a história mais bonita que ela conhecera em toda sua vida e depois dela também. Se Euá a adotasse como filha, ela já teria dois irmãozinhos e, assim, formariam uma família como ela sempre quis.

— Vamos parar por aqui. Feche essa matraca antes que Icu a escute e resolva querer você como filha — riu Exu, servindo-se das oferendas selecionadas por Aimó.

— Esconjuro — ela reagiu, assustada.

— Vamos pegar nosso caminho porque aí vem uma baita tempestade — disse Exu, levando Aimó pela mão.

6. O SOPRO SE TRANSFORMA EM TEMPESTADE

Como anunciado por Exu, uma ventania os alcançou no caminho. Foi tão forte que tiveram que se proteger atrás de umas pedras enormes ao pé de uma montanha. O lugar se parecia com as ruínas de uma antiga fortaleza.

Mais tarde, Aimó soube que estavam em um campo de batalha, onde Ogum havia guerreado contra Xangô, tendo sido essa a única contenda entre os dois vencida por Xangô. Quando a luta parecia terminar empatada, sem vencedor e vencido, Xangô ordenou à montanha que se juntasse a ele na disputa, e a montanha fez rolar abaixo aquelas pedras imensas. As pedras desceram ao som ensurdecedor dos trovões comandados por Xangô e soterraram as armas de Ogum. Sem ter mais com o que lutar, Ogum aceitou a vitória de Xangô. Os dois exércitos oponentes não tiveram outra saída senão se congratularem, e a paz foi feita. Mas, como acontecera outras vezes, o armistício durou pouco. Havia muita coisa em disputa entre os dois reis guerreiros e heróis, principalmente três mulheres, três rainhas, três aiabás: Obá, Oxum e Iansã.

O vento assobiava entre as pedras e levantava redemoinhos de poeira. Os ouvidos de Aimó zumbiam e ela foi obrigada a tapar os olhos e a boca com uma das mãos para se proteger da areia com que a tempestade a fustigava. Com a outra mão, Aimó segurava o saco de oferendas. Se o vento o levasse embora, ela perderia a companhia e os favores de Exu. Sem seu guia, não conheceria as aiabás, não saberia que mãe escolher, não poderia renascer.

O vendaval persistia, e Aimó tratou de fechar bem os olhos e a boca e agarrou a matalotagem contra o peito, segurando-a com as duas mãos. Os animais vivos que estavam no saco reclamaram do aperto com guinchos, cacarejos, balidos, pios, cocoricós, grasnidos, mugidos. Uma leitoa enfiou o focinho pela abertura do saco e foi contida por uma cabeçada da menina. Quase desistiu de lutar para manter em segurança as oferendas quando sentiu o rastro frio e gosmento que um caramujo catassol em fuga deixava em seu pescoço. Deixou que ele se fosse. Depois Oxalá com certeza entenderia a situação e a desculparia pela perda de sua iguaria predileta.

Quando a ventania por fim se foi, Exu pediu a Aimó água e vinho de palma para beber, limpou a garganta e disse:

— Iansã sempre estabanada. Precisava fazer esse auê todo?

— Era ela?

— Era o vento, quem mais poderia ser?

— E aonde ia?

— Vai saber. Devia estar levando algum egum para sua nova morada. Talvez fosse se juntar a alguma guerra, ou vender acarajé no mercado. Pela afobação da senhora da tempestade, o motivo podia ser, simplesmente, sexo.

— Ou seja, qualquer coisa. Se você diz que ela mexe com tantas coisas diferentes.

— É isso aí, menina. E também tem o rio que ela comanda na Terra, o grande rio Níger, e o raio que ela domina no firmamento, belo, assustador e perigosíssimo, como tudo que é dela e ela é. E a mania de fazer de tudo para que as mulheres mandem nos homens.

— Interessante, principalmente essa última parte. Pena que não a vi. Tive que tapar os olhos por causa da poeira.

— Pois então mantenha-os bem abertos agora, porque lá vai ela. Vem comigo, vamos ver o que Iansã está aprontando desta vez. Qual a razão de tanta pressa.

Acompanharam os sinais da recente passagem da tempestade: árvores tombadas, casas destelhadas, gente desesperada tentando recolher seus objetos lançados por todos os lados. Foram se distanciando do local da ventania e acabaram se encontrando não com Iansã, mas com Ifá.

A menina, que já tinha certa intimidade com o adivinho, contou que estavam seguindo a pista deixada por Iansã e confessou a ele que se impressionara com a rapidez dela.

— Por isso ela também é chamada de Oiá, como nosso povo chama o rio Níger, nome que significa potência, calmaria e turbulência, tudo ao mesmo tempo — disse Ifá.

— Nome bem apropriado, não é, Exu? — disse a menina, mas Exu não estava mais com eles. Ela deu de ombros, sabendo que logo ele voltaria, e contou para Ifá o que Exu e ela haviam conversado sobre a pressa de Iansã.

— Hum, vejo que omobinrin mi já está bem desenvolta — admirou-se Ifá, pensando com seus búzios que quem anda com Exu logo fica esperto, metido e falador. Voltando a atenção a Aimó, ele disse: — Mas as explicações estão todas erradas. Iansã estava com pressa para chegar logo em um xirê, isto é, em uma dança, que está acontecendo agora lá naquela nação depois do mar. Quando ouviu o ritmo aguerê tocado nos atabaques pelos alabês, ela soube que era sua vez de dançar. E tratou de correr.

— Ela gosta de dançar? — perguntou a menina.

— Se gosta? Iansã é uma bailarina estupenda.

— Sempre quis ter uma mãe assim — Aimó disse bem baixinho para não ser repreendida outra vez.

— O quê?

— Nada, nada. Só lamentei não ter visto Iansã de perto.

— Você a viu na casa de Olorum.

— Havia muitos orixás presentes e eu estava assustada. Não lembro direito da fisionomia de todos.

— Não se preocupe, ela logo estará de volta. Enquanto ela dança por aquelas bandas e enquanto seu guia corre por aí fazendo seu trabalho de correio, vou lhe contar uma bela história de Iansã. Fala de Ogum, de quem você já ouviu dizer.

— Ouvi e vi, em pessoa — ela o corrigiu.

— Pois é, fala de Ogum e de Oxaguiã, o orixá que inventou o pilão.

— O pilão? E por que faria isso?

— Para que suas esposas e criadas pudessem preparar com rapidez sua comida preferida: purê de inhame. Depois, evidentemente, foram descobrindo novos usos para o pilão, e o povo pôde usar melhor os grãos, as sementes e outros comestíveis para se alimentar. Nada melhor para preparar uma farofa de carne-seca com castanhas de caju! Agora, com comida mais farta, a humanidade cresceu em número e se espalhou. E nós passamos a receber mais oferendas. Todos saíram lucrando com a invenção de Oxaguiã, os homens e os deuses. E o próprio, evidentemente. Mas o que eu vou contar não fala nada disso, fala do vento. Quer ouvir?

— Quero, por favor. — Aimó logo ofereceu a Ifá um prato de canjica.

— Come, meu rei, está uma delícia, feita com milho branco, mel de abelha e leite de coco. Exu acaba de trazer do além-mar.

Depois de escolherem uma sombra, forraram o chão com folhas e se sentaram para Ifá comer sua canjica, acompanhada de aluá, um refresco fermentado feito com suco de frutas, gengibre e rapadura. Aimó reservara um pouco para Exu, que certamente chegaria esfaimado e reclamaria por não ter sido o primeiro a provar o prato. Mas mesmo antes de Ifá dar a primeira bocada, a porção destinada a Exu desapareceu.

Pronto para começar, Ifá expressou certo desgosto num sorriso torto e se explicou.

— Acho que vamos adiar essa história. Exu acaba de me informar que há muitos consulentes me chamando, esperando por meus conselhos.

— Ah, por favor — choramingou a menina. — Vou ficar tão triste, e não vou conhecer direito mais uma aiabá, não vou poder escolher a minha mãe e não vou poder nascer de novo...

— Calma, calma, menina. Acho que vou mandar Oxum atender essa gente no meu lugar. Parece que é tudo coisa simples, assunto de namoro que não dá certo, dívidas pequenas a pagar, coceira de bicho-de-pé, marido sem-vergonha...

— Oxum também sabe ler o destino das pessoas nos búzios?

— Só pela metade! Uma vez ela quis roubar os meus segredos de adivinho, mas eu fui mais esperto e ela só conseguiu aprender uma parte das minhas histórias. Mas o pouco que sabe sempre ajuda quem não sabe nada.

— Mãezinha talentosa ela é — comentou Aimó consigo mesma.

— Mas ela não pode praticar a adivinhação usando o opelê — disse Ifá.

— Opelê?

— Esta corrente aqui — disse Ifá, pegando da sacola a tiracolo o instrumento de adivinhação —, com essas oito metades de caroços de dendê. Cada metade pode cair com o lado côncavo ou convexo para cima ou para baixo quando a corrente é atirada no chão, e o conjunto das oito metades indica a história que acontece. Como no jogo de búzios. Tanto o opelê quanto os búzios indicam que odu está sendo revivido e, dentro dele, qual é a história. Mas o jogo do opelê, que é mais completo, mulher não pode jogar. Esse mistério Oxum não conseguiu me roubar.

— Acho que entendi.

— Bem, então vamos lá. — disse Ifá. — Mas antes de contar como o vento foi criado, quero falar um pouco da relação entre Ogum e Oxaguiã, que de repente se viram envolvidos numa disputa pelo amor da mesma mulher. Eram dois reis valentes, vencedores, que cooperavam um com o outro como irmãos que eram. Destoavam em algumas coisas como nos gostos alimentares: Ogum adorava se empanturrar de feijoada, Oxaguiã só comia, moderadamente, guisado de caramujos com purê de inhame, tudo sem tempero. Mas em geral concordavam.

Ao ouvir a preferência de Oxaguiã, Aimó fez cara de nojo. Ifá sorriu e continuou:

— Quando não estava na guerra, Ogum podia ser encontrado em sua oficina de ferreiro, onde fabricava os mais variados instrumentos de ferro, mas sobretudo espadas e outras armas de guerra. Por sua vez, Oxaguiã se ocupava, nos tempos de paz, da supervisão do trabalho nos pilões, moinhos e monjolos, que eram de sua invenção, com que os seres humanos produziam boa e farta comida para alimentar suas famílias e seus orixás. Assim, quando Ogum ia à guerra, Oxaguiã alimentava seus soldados. Quando era a vez de Oxaguiã guerrear, Ogum armava seus guerreiros. E foi assim que aconteceu:

Um dia, Oxaguiã lutava com um poderoso inimigo e acabou precisando de mais armas.

> Mandou recados desesperados a Ogum
> e o ferreiro acendeu a forja e se pôs a trabalhar o ferro.
> Mas o fogo da forja, até então, era fraco, tímido,
> e o ferro demorava a se mostrar em brasa,
> pronto para ser moldado.
> Talvez Oxaguiã fosse vencido
> antes que Ogum lhe fornecesse o arsenal necessário.
> A situação era periclitante,
> os dois irmãos sentiam que a solução do conflito
> escapava de suas mãos.
> Assistindo ao desespero do marido Ogum
> e cansada das visitas de Exu
> trazendo pedidos de socorro do campo de batalha,
> Iansã foi para a oficina do ferreiro
> e se pôs a soprar a forja com sofreguidão.
> Seu sopro avivava o fogo como jamais se vira,
> e o ferro se abrasava no menor dos tempos.
> Usando com maestria a marreta e a bigorna,
> Ogum modelava o ferro em brasa
> e produzia os obés, as facas, que já saíam afiadas,
> e os idás, as espadas, prontas para matar.
> Armas foram surgindo mais rapidamente,
> mas ainda não era o suficiente.
> Iansã então soprava mais forte, mais forte, mais forte.
> Em pouco tempo Oxaguiã recebeu novo armamento
> e não demorou a voltar para casa vencedor.

Ifá interrompeu nesse ponto a narrativa, intrigado com o comportamento de Aimó. Ela soprava loucamente as brasas sobre as quais Exu esquentava um guisado de carne de cabrito que recebera com uma alentada porção de farofa.

— Que é isso, omobinrin mi? — perguntou Ifá.

— Ah, só estou apressando o fogo. Exu está com muita fome — disse ela.

— Não acho que você esteja pensando no estômago de Exu — disse Ifá. — Por acaso a menina está tentando imitar Iansã?

— Me identifiquei tanto com ela — suspirou a menina, em devaneio.

— Pois deixe o fogo em paz porque eu preciso terminar essa história. Já perdi muito tempo aqui hoje.

— Desculpe, achei que estava terminada.

— Claro que não! — se meteu Exu. — O melhor vem agora.

Ifá continuou.

Logo depois, Oxaguiã foi visitar Ogum
para demonstrar sua gratidão e levar suas homenagens,
dividindo com o irmão as glórias da vitória.
Foi quando pela primeira vez se encontrou com Iansã,
cuja beleza já conhecia de fama.
Apaixonou-se e não fez disso segredo.
Iansã, por sua vez, não recusou a corte de Oxaguiã.
Oxaguiã partiu e levou Iansã com ele.

Quando um novo inimigo ameaçou o reino de Oxaguiã,
ele se viu obrigado a encomendar armas a Ogum.
Ogum respondeu que não era possível atender o pedido:
sua forja estava parada, o fogo baixo, o ferro frio.
Sem Iansã para soprar, a forja não tinha fogo bom,
não tinha ferro em brasa, não tinha armas para guerrear.
Que Oxaguiã devolvesse Iansã a Ogum
e logo tudo se resolveria.
Iansã se recusou a voltar para a casa de Ogum,
mas garantiu que o ajudaria na oficina assim mesmo.
Da casa de Oxaguiã, Iansã soprava em direção à de Ogum.
De um reino ao outro seu sopro percorria uma grande distância
e chegava à forja e avivava o fogo.
E Ogum fabricava armas.
Quando a guerra ficava mais acirrada
e a demanda de armamento aumentava,
Iansã soprava mais forte.
No trajeto entre Elejigbô, a cidade de Oxaguiã,
e Irê, a cidade de Ogum, o sopro de Iansã levantava poeira,
balançava os galhos das árvores,
fazia o capim dos campos se inclinar até o chão,
desarranjava o cabelo das pessoas,
encrespava a superfície das lagoas,

se derramava em todas as direções e agitava as ondas do mar,
mas também produzia uma boa sensação de frescor.
A esse novo fenômeno, que até então se desconhecia,
o povo deu o nome de vento.

Quando a urgência da forja aumentava,
Iansã se via compelida a soprar mais forte,
e seu sopro, mais veloz e poderoso,
por onde passava derrubava árvores,
arruinava casas, arrastava pessoas e animais,
arrasava plantações.
Além dos estragos que ia deixando em sua passagem,
o sopro metia medo, enfim.
A isso o povo chamou de ventania, vendaval.
Quando a forja pedia ainda mais calor,
mais poder para derreter o ferro mais depressa,
a força ampliada do sopro movimentava as nuvens,
escurecia o dia e fazia chover.
O vento provocava tamanha turbulência nas alturas
que de lá brotavam línguas de fogo, raios e relâmpagos
que desenhavam o céu com zigue-zagues brilhantes
e queimavam o chão da Terra sob estrondos espantosos.
A isso o povo, assustado, chamou de tempestade.

— Que história admirável, que impressionante o poder dessa mulher. Mas não sei se Iansã fez o vento e a tempestade para ajudar Oxaguiã, que precisava de armas para vencer, ou para ajudar Ogum, que precisava de um fogo bem forte para não se desmoralizar como ferreiro — comentou Aimó, já falando como um adulto. — De qual lado ela estava?

— E você acha que é fácil saber quais são os verdadeiros motivos do que quer que seja? — disse Exu, com a boca cheia de farofa. — Nessa história só o vento importa.

— Iansã, você quer dizer — retrucou Aimó.

— A menina está aprendendo — disse Exu, desaparecendo numa encruzilhada.

A menina segurou Ifá pela túnica, impedindo-o de partir também, como era sua intenção, e fez um pedido:

— Queria tanto ver o rosto de Iansã; me mostra, por favor.

— Tenho que cuidar de meus clientes, mas acho que posso dar um jeito de você chegar mais perto de Iansã — disse Ifá, fazendo com a mão um sinal de quem chama alguém de muito longe.

No mesmo instante, Exu retornou, não escondendo sua contrariedade. Mas antes que ele dissesse qualquer coisa, Ifá se adiantou:

— Exu, sei que você está indo para as bandas da cidade de Irá, não é?

— É. E daí?

— Leve Aimó e a deixe em Irá, na porta da casa de Iansã. Mais tarde, volte lá para pegá-la. Tenho que ir. — Ifá disse e partiu antes de ouvir Exu responder:

— Sempre sobra para mim.

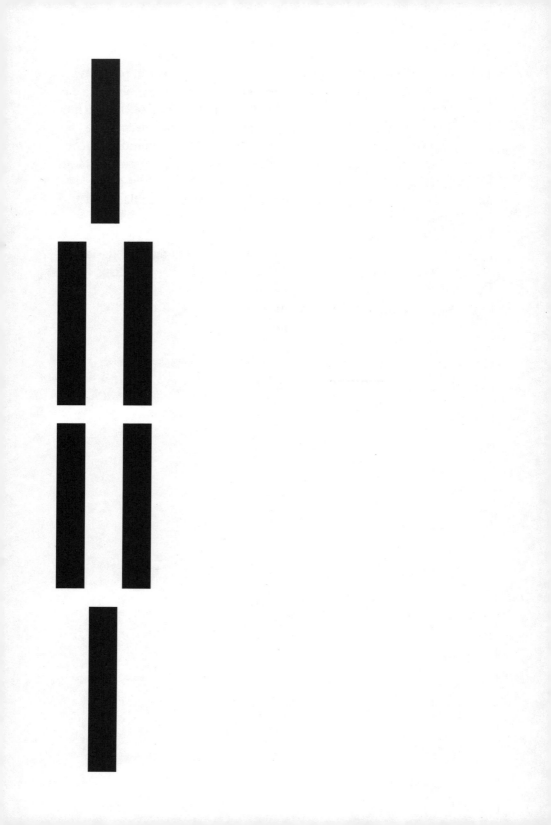

7. PODER E PERDIÇÃO DE UM REI

Exu deixou Aimó à porta da casa de Iansã, na cidade de Irá, onde ela vivia. Disse que ficasse de olho, pois logo Iansã seria conduzida por um cortejo em festa à casa de seu noivo, o rei de Oió, capital de um grande império. Recomendou à menina que apenas observasse os acontecimentos, sem se meter na história. Qualquer tentativa de participar ativamente dos fatos redundaria em desastre: ela seria descoberta e expulsa como da outra vez, enxotada, como merecia um espírito indesejado. E não veria nada de nada. Depois que a menina jurou que se comportaria corretamente, Exu encheu os bolsos de comida e partiu.

Não parava de chegar gente àquela casa, todos vestidos para a tal festa, era o que parecia. Muitos traziam presentes, outros, instrumentos musicais, pratos de comida, recipientes de bebidas. Aimó se imaginou vestida com um novo e colorido axó, indés brilhando nos pulsos, o cabelo enfeitado de búzios, contas e seguis.

Lembrou-se dos conselhos de Exu e espantou o sonho que sonhava acordada.

Então a porta da casa se abriu e uma bela jovem saiu conduzida por um homem que Aimó julgou ser o pai, que, aliás, aparentava estar muito feliz. Atrás dele vinha a mulher que parecia ser a mãe da moça. Ao contrário do pai, a mãe chorava e se agarrava à filha e tentava trazê-la de novo para dentro de casa. Outras pessoas que saíam separaram a mãe e a obrigaram a entrar. Formou-se um longo cortejo, e Aimó percebia, entre os que dele participavam, a presença de irmãos e irmãs, tios e tias, sobrinhos, primos, outros parentes, amigos, vizinhos e talvez até convidados vindos de longe. Quatro mulheres levavam varas que sustentavam um grande pano branco, sob o qual seguiam o pai e a moça. De uma janela, a mãe observava chorando o cortejo se afastar.

Aimó sabia se tratar do casamento de Iansã. Soube depois que, segundo a tradição local, a família da noiva a conduzia até a morada do noivo. Ao entrar na nova casa, era recebida pelo marido e pelas demais esposas dele, caso ela não fosse a primeira mulher com quem ele se casava. O casamento excluía a mãe da noiva, que não era bem-vinda na nova residência da filha. Nenhum marido queria ter por perto uma sogra intrometida. Com o casamento, a filha se afastava da mãe para sempre. Pelo menos na aparência. Com certeza se encontrariam amiúde no mercado, onde as mulheres vendiam o que as famílias produziam, atendendo, nos diferentes dias da semana, mercados de cidades diversas. Nas praças ou nos caminhos, muitos seriam os encontros, as conversas e os conselhos de mãe para filha tão temidos pelos maridos.

Iansã estava vestida com os axós mais bonitos que Aimó se lembrava de ter visto, roupas cosidas em seda marrom e vermelha. Abaixo dos seios nus e empinados, uma faixa branca trazia o desenho de um raio bordado com linha metálica da cor do bronze. Na mão direita, um iruquerê, o espanta-moscas feito de rabo de cavalo, que simboliza realeza e autoridade. A noiva era uma princesa dada em casamento a um rei. E como rainha que seria, Iansã tinha o rosto coberto por uma cascata de contas de vidro. Aimó ainda não realizara seu intento; as feições de Iansã continuavam desconhecidas pela menina.

Ao chegar à cidade de Oió, o cortejo se dirigiu ao palácio real, onde o rei recebeu a noiva. A cidade toda estava em festa, e o povo em regozijo vibrava com os trovões que jorravam da boca de Xangô, o noivo feliz.

Na hora certa, a festança chegou ao fim, o cortejo retornou a Irá, e a cidade de Oió voltou ao trabalho. Aimó tratou de achar um esconderijo de onde ficaria à espreita, esperando para ver o rosto descoberto da nova rainha.

Dias se passaram e houve noites em que Aimó viu sair a galope do palácio um búfalo que rapidamente se dirigia à floresta para voltar antes do amanhecer. Encafifada, em uma noite bem escura Aimó seguiu o búfalo.

Já no mato, Aimó se surpreendeu quando o búfalo deixou cair a pele, revelando-se uma mulher de porte e postura já bem conhecidos de Aimó. Era Iansã, que escondia sua pele de búfalo entre os arbustos, e nua, majestosa e de rosto exposto, se embrenhava entre as árvores. Aimó quis segui-la, mas notou que Iansã se sentira observada e recuou para retomar sua pele. Foi nesse instante que a Lua apareceu detrás das nuvens e iluminou o rosto da mulher-animal. Não havia rosto mais bonito de se ver. Tanta beleza chegou a doer nos olhos de Aimó. Bastava ter só um pouquinho daquela boniteza para fazer Aimó nascer a menina mais feliz do Aiê. Com que deusa ela queria se parecer em seu novo nascimento fora a pergunta de Olorum. Agora ela sabia.

Tentando seguir o búfalo, Aimó se perdeu no labirinto de ruas e ruelas de Oió. Veio o medo, depois o desespero e, por fim, a incerteza de ser quem era e o que seria. Não pôde mais conter o choro.

Quando amanheceu, Aimó se viu chorando na praça do mercado. Mulheres e homens chegavam para vender e comprar, artesãos para expor suas peças, herboristas para preparar seus remédios, artistas para se exibir. Gente ia e vinha, sem ter necessariamente alguma coisa para fazer. No mercado se conversava, tudo se sabia, de todos se falava. Precisando de alguma coisa, no mercado tinha, era o que se dizia.

O mercado, reunião de vendedores e compradores que acontecia na praça da cidade, a feira semanal do local, era onde tudo acontecia. Não podia faltar Exu, que estava lá, ocupado com suas atribuições. Afinal, ele também era o orixá das trocas. E ali também estava Ifá, atendendo a uma fila de consulentes que ansiavam por suas adivinhações, predições, conselhos e soluções. Aimó já não se sentia mais sozinha, nem chorava mais.

Ifá estava sentado em uma esteira sob um telhado de palha. De frente para ele se sentava um homem que prestava muita atenção no que o adivinho dizia. Aimó viu quando Ifá lançou seu opelê, traçou em um tabuleiro estranhos sinais e se concentrou na interpretação do resultado. Ela se aproximou e se sentou a seu lado. Ele não deu sinal de notar a presença de Aimó, nem Aimó fez qualquer gesto para se anunciar. Ela simplesmente prestou atenção na história que Ifá se pôs a contar, com certeza para encontrar naquele mito indicado pela corrente oracular a resposta para a aflição do cliente. Teve a sensação de que o mito agora recontado continuava a história que ela em parte presenciara nos últimos dias em Oió.

Xangô governava seu império com mãos de ferro.
Rei, magistrado maior, chefe supremo dos exércitos imperiais,
gastava o pouco tempo que restava para si
gozando dos prazeres da mesa
e desfrutando do amor de suas esposas.
Três delas representavam seu braço direito
e o ajudavam a governar, a fazer a guerra
e a gozar a vida.
Obá dirigia os afazeres domésticos
e preparava a comida de Xangô.
Oxum o distraia com seus jogos de amor e sedução
e suas artimanhas de amante apaixonada.
Iansã era sua grande companheira na guerra,
leal e destemida nas horas mais difíceis.
Na verdade,
as três o acompanhavam aos campos de batalha quando preciso.
Mas era Iansã a preferida para a guerra,
a que nascera com a alma de guerreira.
Apesar da paz então reinante,
Xangô procurava se manter pronto para guerrear.
Soube que no país dos baribas, um povo vizinho,
existia uma arma poderosa e secreta
que transformaria qualquer rei em um general invencível.
Enviou Iansã àquela terra para saber do que se tratava.
Ela foi e não trouxe explicações nem outro tipo de palavras:
trouxe a arma, a arma poderosa e definitiva.
Como se apossou dela, não vem ao caso.

A arma era uma poção mágica aparentemente inofensiva,
não impressionou Xangô.
Então Iansã levou Xangô ao alto de um morro longe da cidade

e fez uma demonstração do poder
do líquido miraculoso contido na inocente quartinha
por ela oferecida ao rei.
Iansã sorveu um gole do conteúdo mágico
e de sua boca jorrou um formidável fogaréu
que, direcionado por ela ao pé do morro,
transformou a floresta que existia ali
em um amontoado de cinzas e nada mais.
Tudo foi consumido mais rápido
do que os olhos podiam acompanhar.
A partir daí, dia após dia,
Xangô se ausentava da cidade para se aperfeiçoar
no uso da mortífera arma incendiária.
Nos lugares que recebiam suas cusparadas flamejantes,
a vida simplesmente deixava de existir.

Um dia, talvez por descuido, erro de cálculo,
talvez por má pontaria, por acidente até,
o que aconteceu nem Xangô conseguia explicar.
O fato é que, em um desses exercícios sobre uma elevação,
não longe de sua capital,
Xangô viu com seus olhos seu palácio pegar fogo.
Viu o fogo saltar do palácio para seu entorno e, sem controle,
queimar ilê por ilê, casa por casa, insaciável.
Em pouco tempo a cidade foi tragada
pelo mais pavoroso incêndio jamais acontecido.
Tudo virou cinzas.
Salvou-se quem estava longe,
nas roças, quem apascentava o gado, quem caçava, quem pescava.
Salvaram-se as mulheres que faziam mercado em outras cidades
e as crianças que as acompanhavam.
Salvaram-se os que em tempo fugiram para as estradas,
avisados ninguém sabe por quem e como.
Salvaram-se os guerreiros acampados fora da cidade.
Mas Oió, a cidade de Xangô, a capital do império, ardeu até as cinzas,
não existia mais.
Os doze ministros de Xangô, que por sorte
ou sina igualmente se salvaram,

reuniram-se em conselho e aplicaram a lei.
Condenaram Xangô ao suicídio,
como mandava a tradição.

Xangô, o rei justo, cumpriu a sentença.
Acompanhado apenas de Iansã,
abandonou o palácio e, na floresta, se enforcou.
Mas Iansã tinha seus poderes, muitos poderes,
acostumada a lidar com a morte e com os mortos,
e não hesitou em deles fazer uso,
impedindo que a morte se aproximasse.
Nesse momento,
amparada pela glória e pela honra
que Xangô conquistara para seu povo e seu império,
feitos e fatos que jamais seriam esquecidos
em todas as nações dos orixás no Aiê,
Iansã bateu com o pé na terra com magia e determinação
e fez com que o rei entrasse diretamente no Orum
como um orixá.
Se é verdade que Iansã deu a Xangô
o instrumento de sua perdição,
também é certo que por obra dela
ele recebeu a eterna glorificação.
Xangô agora era um imortal, um orixá, um deus.

Aimó sentia-se orgulhosa da mãe que poderia ter e queria saber que interpretação faria Ifá da história de Xangô transformado em orixá. Como ajudaria a resolver o problema que atormentava o homem que o consultava. Mas não teve oportunidade de ouvir mais nada. Ao levantar os olhos, viu quatro homens se aproximarem com as longas varas que afugentavam os espíritos errantes.

Levantou-se e foi se afastando para se misturar à multidão da praça e escapar da caçada dos ojés. Depois começou a correr, o medo crescendo dentro dela. Ao olhar para trás para ver se a seguiam, caiu em um buraco e foi tomada de uma vertigem, como se despencasse em um abismo.

Viu-se em seguida no palácio do rei, retornada ao dia em que Iansã chegara da terra dos baribas trazendo para Xangô a nova arma. Estava sozinha no quarto de Iansã. Sobre a esteira de Iansã repousava uma quartinha, e Aimó sabia o que ela continha: a arma poderosa.

Aimó lutou, tentou resistir, mas não conseguiu. Foi mais forte do que ela. Abriu a quartinha e sorveu um gole do líquido poderoso. Sua boca se transformou em um forno, tudo dentro dela queimava. Um incêndio incontrolável grassava em sua garganta. Horrorizada, arrependida, maldizendo a si e a seus atos, tentou se livrar da chama que a consumia. Aimó cuspiu.

Uma labareda saltou de sua boca e incendiou o quarto de Iansã. Aimó conseguiu escapar do quarto em chamas e buscou a saída do palácio correndo por um labirinto de corredores. Quanto mais corria, mais o incêndio avançava em seu encalço, tudo pegava fogo. Por onde tentava escapar era atropelada por uma multidão de homens, mulheres, cães e gatos, que igualmente tentavam se safar do fogo e da fumaça mortais, fugindo em todas as direções.

Aimó conseguiu chegar à rua e correu ainda mais para se afastar do palácio tomado pelas chamas. Viu quando o fogo saltou para os telhados dos prédios vizinhos. Os telhados da cidade eram de palha, como os do palácio. E o incêndio correu solto de telhado em telhado. Era impossível detê-lo. De repente, toda a cidade ardia.

Juntou-se a um bando de pessoas que fugiam das chamas e com elas conseguiu sair dos limites da cidade. Mais adiante, ainda atordoada, ouviu mulheres que apontavam para ela e gritavam:

— Aunló, egum! Aunló, egum buburu! Saia, assombração! Vá embora, espírito do mal!

Ela se afastou do grupo e perambulou sozinha pelas estradas, aqui e ali tendo que se esconder de grupos que ainda fugiam do fogo, da fumaça, das cinzas, da morte.

Um pensamento se apossou de sua mente já conturbada. A dúvida que a invadiu queimava mais que o fogo dos baribas: Xangô era inocente? Teria sido ela, a menina esquecida que só queria ter uma mãe adotiva para poder viver de novo, uma menininha inútil e sem poder algum, a incendiária de Oió?

Por muito tempo Aimó vagou sem destino e sem outra companhia que não o desespero. Ela nunca poderia renascer, não era digna, transformara-se em um espírito do mal, um egum buburu.

— Eu não sou digna — era tudo o que dizia para si mesma.

Exu e Ifá encontraram Aimó em um estado deplorável. Ifá estava severamente aflito com o sumiço da menina. Sabia que ela acompanhava seu jogo de adivinhação na praça do mercado e de repente desaparecera. Exu culpara Ifá pela perda da menina confiada à guarda dos dois e lamentava a perda do saco de oferendas confiado a ela. Ifá foi logo perguntando em tom de reprimenda:

— Onde você se meteu, menina? Nunca mais repita isso, você ainda tem muito pela frente em sua busca pela vida.

— Em busca da vida? — Aimó olhou para Ifá e Exu com os olhos de um animal acuado e repetiu muitas vezes as mesmas palavras. — Eu não sou digna, eu não sou digna.

Ifá e Exu se entreolharam e juntos disseram:

— Vamos já para a casa de Iemanjá.

Tomaram os dois a menina pelas mãos e apressaram o passo a caminho do mar.

— Eu não sou digna — repetia a cada instante a menina.

8. CUIDADOS PARA UMA CABEÇA RUIM

Chegaram à casa de Iemanjá depois de dias de caminhada. Aimó continuava agindo da mesma forma estranha, e a qualquer tentativa de se falar com ela respondia que não era digna. A viagem só não se transformou num transtorno maior porque Exu conseguiu recuperar a matalotagem que Aimó abandonara na fuga da cidade incendiada. Felizmente, por ser um pertence dos deuses, mesmo jogada à beira de um caminho não fora vista por nenhum humano e, assim, foi preservada da cobiça dos habitantes do Aiê. Exu deu por falta apenas dos ecurus, bolinhos de feijão-fradinho sem sal e cebola cozidos no vapor, muito apreciados pelos eguns. Ou Aimó tinha comido todos ou alguns espíritos errantes andaram mexendo no saco de oferendas. Exu perguntou à menina sobre os ecurus sumidos e a resposta foi a mesma dos últimos dias.

— Eu não sou digna.

— Ai, que saco! — reagiu Exu.

Ifá apenas riu. Tinha consultado seus búzios e sabia que só Iemanjá poderia dar um jeito na menina esquecida, agora também destrambelhada.

Quando ouviram ao longe, vindo do outro lado da colina, o ruído das ondas do mar, souberam que estavam chegando. E do alto do morro avistaram a imensidão de Iemanjá, um quase infinito azul-esverdeado, adornado por tiaras de espuma prateada entregues à brancura da areia uma após a outra. Iemanjá era de Abeocutá, mas passava uma temporada em Lagos, no litoral.

Depois de uma última parada para comer e recompor as forças, desceram à praia, arrastando a menina. Foram recebidos por Omulu, sempre envolto em suas palhas, macambúzio e reservado, mesmo quando estava alegre, como naquele momento. O curador os cumprimentou de braços abertos.

— Mojubá, meus irmãos. Ah, vejo que trazem a menina esquecida! Tinha me esquecido dela. Esqueci a esquecida — disse, tentando fazer graça com o jogo de palavras. — Pelo jeito ela está precisando mesmo dos cuidados de nossa mãe-irmã Iemanjá.

— É verdade, Omulu, mas, aproveitando sua presença, veja se ela tem alguma doença que você possa curar.

Mais do que depressa, Exu serviu a Omulu um pedaço de carne de porco assada e, contidos numa folha de mamona, um punhado de pipoca, acaçás e acarajés e pequenas porções de caruru, feijão-preto, feijão-fradinho, milho branco e amarelo, mais ovo cozido e outras iguarias. Claro que antes comeu sua parte. Omulu também comeu e comentou:

— Comida mandada lá de nossa nova nação, do tal Brasil, não é? Adoro as oferendas que chegam de lá.

— E o que você faz por aqui, meu irmão Obaluaê? — perguntou Ifá, usando o outro nome de Omulu.

— Visito nossa mãe e irmã, minha mãe de criação. Devo muito a ela, me fez o dono de todas as pérolas que há nessas águas sem fim, como vocês meus irmãos bem sabem. Porque teve pena de mim, por minha feiura — disse Omulu, dirigindo essa explicação à menina, que não demonstrou interesse.

Enquanto falava, Omulu levantou as palhas e mostrou seu peito coberto de pérolas, que escondiam as cicatrizes deixadas pela varíola.

— Ele era um príncipe bonito, mas sua beleza foi arruinada pela varíola. Por isso Nanã, sua mãe verdadeira, o cobriu de palhas para que não rissem dele e o deixou aos cuidados de Iemanjá — explicou Exu baixinho no ouvido de Aimó, que outra vez não demonstrou interesse. — Ele é filho adotivo de Iemanjá.

Com essa última afirmação, a menina saiu momentaneamente de seu estado de torpor e disse:

— Que mãe maravilhosa é Iemanjá, mãe adotiva.

— Beleza! — exclamou Exu, surpreso com a reação de Aimó.

— Mas eu não sou digna — ela contrapôs.

— Que saco! — disse Exu, virando as costas à menina para fuçar na matalotagem.

Ifá perguntou a Omulu:

— Iemanjá não está?

— Está no fundo do mar. Quer que eu leve mais um punhado de pérolas e foi buscar, mas não deve demorar.

— Está só catando pérolas ou levou lá para o fundo algum pescador incauto para namorar com ele? — se intrometeu Exu sem nenhuma sutileza.

— Então, meu irmão — disse Ifá, ignorando a impertinência de Exu —, vê algum mal na menina que seus remédios miraculosos possam curar?

Omulu a examinou e foi categórico:

— Não. É mal da alma, não é mal do corpo.

— Isso nós sabemos. A menina de repente ficou colori, de cabeça oca, ficou louca — disse Exu, entornando uma vasilha de vinho de palma. — E corpo de verdade é coisa que ela não tem, nem doente nem saudável — acrescentou, morrendo de rir da cara de bobo que fez Omulu.

— É só um modo de dizer, seu moleque atrevido — protestou Omulu.

— Eis Iemanjá que chega — disse Ifá.

Os cumprimentos foram efusivos. O cabelo enfeitado de algas, conchas e corais, o corpo envolto em um vestido de tecido verde e transparente molhado de mar e bordado com escamas de madrepérola, os seios grandes e firmes, Iemanjá ainda era uma mulher bonita e atraente. Ninguém diria que era mãe de tantos orixás.

— Ecabó, omó mi, bem-vindos, meus filhos. E olha quem está aqui, a menininha que foi esquecida pela família, se bem me lembro dessa triste história — disse, sentou-se na areia da praia e foi logo pegando a menina no colo, apertando-a contra seu peito, fazendo-lhe cafunés no cabelo.

— Mãe, ela não está nada bem. Estava odara, ela se encantou com todas as aiabás que conheceu de perto, mostrou ser uma criança inteligente e amadurecida. Sem mais nem menos, subitamente ela desapareceu, e mais tarde nós a encontramos neste estado, e tudo o que ela faz é ficar repetindo que não é digna. Do quê, não sabemos.

— Ela vai ficar bem, vamos entrar. Vou cuidar da cabecinha dela com muito carinho e oferendas, vou cantar e dançar para ela, e ela vai sarar, vocês vão ver. Vou fazer o bori, vou fazer oferendas à cabeça doente da omobinrin mi.

Omulu, que recebera de Iemanjá mais um punhado de pérolas, despediu-se e foi embora, alegando que tinha muitos doentes esperando por seus serviços. Ele lamentava que a demanda por sua cura havia aumentado nos últimos tempos, por conta de uma nova peste que assolava o Aiê, deixando os humanos tão fragilizados que acabavam morrendo de muitas doenças simultâneas.

Entraram e Iemanjá iniciou o tratamento. Para isso mandou Exu buscar Ossaim, para que ele preparasse banhos e emplastros curativos. Ela precisava da competência do filho herborista, pois cuidara de tantas cabeças naqueles dias que acabara ficando sem uma gota de abô em casa. Que Ossaim viesse preparar um novo pote de infusão de folhas.

— Ah, e que Ossaim já venha pelo caminho catando todas as folhas de que vai precisar para seus preparados. Você volte com ele e o ajude a caminhar para que ele não demore a chegar aqui, tendo que se locomover com uma perna só — recomendou Iemanjá a Exu antes que ele saísse em disparada.

— Espere — ela acrescentou. — Leve uma comida e esses colares de coral para Ossaim em pagamento adiantado e sirva-se desses peixes de escamas que um jovem e belo pescador me ofereceu há pouco.

Exu piscou maliciosamente para Ifá e tratou de cumprir as ordens de Iemanjá.

Iemanjá banhou a menina com água fresca que uma criada foi buscar em uma fonte próxima, depois a vestiu com roupa limpa e a deitou numa esteira forrada com um pano branco imaculado, um alá funfum, e disse a Ifá:

— Enquanto eles não chegam, jogue seus búzios e vamos ver que mal atormenta a pobrezinha, que história triste está se repetindo com ela.

Ifá lançou os búzios várias vezes, coçou a cabeça, jogou de novo, pensou, pensou e demorou tanto que Iemanjá já dava sinais de impaciência. O diagnóstico finalmente saiu.

— Tem tudo a ver com o incêndio de Oió provocado por Xangô — constatou Ifá.

— Mas faz tanto tempo que quase ninguém mais se lembra e há até quem conteste que Xangô tenha alguma coisa a ver com isso — disse Iemanjá.

— Pois é, e a menina, não consigo descobrir por quê, pensa que o incêndio foi provocado por ela.

— E algum de seus mitos dá alguma pista sobre a razão dessa ideia estapafúrdia?

— Nenhum, quer dizer, diretamente. Mas muitos humanos se imaginam deuses, com nossos poderes. Conheço histórias que falam dessa doença e das desgraças sofridas pelos povos por culpa desses malucos.

— De fato, a menina só tem se relacionado com orixás — disse Iemanjá. — Não tendo vida atual no Aiê, não pode conviver com os humanos viventes, que têm pavor dos espíritos.

— E nada foi por acaso. Ela assistiu a uma das minhas consultas, em que contei o episódio do incêndio. Foi a última vez que a vi se comportando normalmente.

— Está explicado, meu caro. Ela se pôs no papel de Xangô e acabou convencida que cometeu um crime terrível. Por isso fica repetindo que não é digna.

— E se a menina pensa que foi ela quem pôs fogo em Oió, com certeza acha que Xangô foi condenado injustamente. Justo Xangô, o orixá da justiça, condenado no lugar dela! Não é à toa que os búzios a ligam também a más ações praticadas por espíritos errantes.

— Estaria ela convencida de que pôs fogo em Oió e assim se transformou em um espírito maléfico? E que por isso nenhuma aiabá a aceitaria como filha? Se assim fosse, a consequência é que ela, sem um orixá, não poderia renascer — Iemanjá completou a leitura. Ifá assentiu e Iemanjá continuou: — Só mais uma dúvida, meu querido. Exu está envolvido na loucura da menina?

— Não acredito. Enquanto ela esteve desaparecida, a única preocupação dele era a matalotagem de oferendas de que a menina estava encarregada de cuidar.

— Ainda bem — disse Iemanjá, aliviada. — Esse meu caçula às vezes mete os pés pelas mãos, confunde mensagens, extravia oferendas, embaralha histórias que não devem ser misturadas, atrasa entregas, erra o caminho. Pobrezinho, é trabalho demais.

— Acho que ele faz de propósito. Mas, de todo modo, a vida seria uma completa monotonia sem esses desencontros e confusões. Incidentes que produzem incertezas e mal-entendidos capazes de provocar desde briguinhas entre amigos e amantes, que logo se reconciliam, até revoluções e guerras entre os povos, que terminam em mortandade e ódio permanente — disse Ifá.

— Isso mesmo — disse Iemanjá.

— Mas que também fazem mudar o mundo e as pessoas, às vezes para melhor. Acho que essas perturbações da ordem estavam nos planos de Olorum. Preciso me lembrar de perguntar sobre isso a Oxalá, ou melhor, a Oxaguiã, que adora uma revolução — disse Ifá, guardando seus búzios na sacola que mantinha a tiracolo.

— Já sei como tratar da menina — exclamou Iemanjá, beijando o rosto de Aimó, que dormia na esteira.

— E enquanto isso vou atender uns consulentes — disse Ifá. — A fila de espera está grande.

— Vá, meu caro, e volte daqui a uma semana. Aimó estará curada. Só não estará viva, o que não depende de mim — riu Iemanjá, estendendo a mão para Ifá beijar, beijando depois a mão do filho em retribuição.

Ifá saiu e Exu, com um balaio abarrotado de folhas nas costas, entrou trazendo Ossaim.

Puseram-se a trabalhar. Maceravam as folhas em água enquanto cantavam cantigas mágicas para ativar o axé, a energia vital contida nelas. Com esse abô a menina foi banhada.

Iemanjá já havia preparado várias comidas que foram oferecidas à cabeça da menina para que o equilíbrio perdido fosse restaurado. Ainda como parte desse bori, dessa oferenda à cabeça, Iemanjá cantou e dançou.

Assim a menina foi cuidada. Durante sete dias foi o centro das atenções de Iemanjá e da criadagem, que comparecia todos os dias ao quarto de Aimó para comer das oferendas, em uma espécie de comunhão com a cabeça da menina. Com o passar dos dias, Aimó sentia-se, mais do que nunca, amada e bem cuidada.

Transcorrida a semana, quando Ifá e Exu voltaram para buscá-la, ela estava recuperada, feliz, falante, ansiosa para continuar sua busca pela vida.

Estava completamente apaixonada por Iemanjá, a quem só se referia como iá mi odara, minha boa mãe.

Recebeu Exu e Ifá com alegria e carinho e fez um pedido ao adivinho.

— Queria saber mais de iá mi odara, que eu adoro. Conte-me uma história de Iemanjá, por favor.

— Vou lhe contar como Iemanjá ganhou o poder de curar a cabeça das pessoas, como fez com você. — E contou:

No começo dos tempos,
logo depois que o ser humano foi criado por Oxalá,
e quando ele já vivia em comunidades,
os orixás, que dividiam entre si o governo do mundo natural,
receberam de Olorum a difícil incumbência
de governar também o mundo social,
cada um cuidando de uma das diferentes atividades
desempenhadas pelos homens e pelas mulheres.
Exu, que controlava a atração sexual,
a ereção no homem e o coito,
ficou incumbido de gerir os hábitos da sexualidade.
Como já era mensageiro desde os primeiros tempos,
ganhou também a comunicação,
as trocas e os negócios.
É o senhor das feiras e dos mercados.
Oxum, porque regulava a fertilidade das fêmeas,
a concepção e a gravidez,
foi encarregada do amor e da sedução.
O que era só natureza e animal foi se fazendo humano e social.
O ser humano, que comia o que catava,
aprendeu ofícios e profissões,
o mundo se complicava, havia mais trabalho para os orixás.
O patronato da caça ficou para Ogum,
que o deu para Oxóssi e ficou com a agricultura.

Também não apreciando o trabalho nos campos,
Ogum deixou esse domínio para Ocô e foi fazer o que gostava:
governar a arte da transformação do ferro bruto
em faca, espada e outros utensílios.
Por conta de sua ingerência sobre a produção de armas,
recebeu Ogum também a incumbência de presidir a guerra.

A Xangô, que governava o trovão,
foi dado o patronato da justiça e da administração
das cidades e dos impérios:
alguém tinha que cuidar da propriedade coletiva
e das desavenças entre os humanos.
Omulu, que sabe tudo o que a terra dá e o que a terra tira,
ganhou o poder de controlar a doença,
a peste e os meios de curar esses males.
Ossaim, que governava o mundo vegetal,
foi encarregado da ciência dos remédios,
dos segredos da manipulação do axé.
Obá, deusa do rio que se junta a outro rio,
recebeu autoridade sobre a vida doméstica,
enquanto Iansã, senhora da tempestade,
ficou responsável pelos mortos,
devendo encaminhá-los ao Orum
para que eles não interferissem na vida no Aiê.

      — Isso me diz respeito — comentou Aimó.
      — Hum — resmungou Ifá, reclamando da interrupção.

A Logum Edé, o caçador dos peixes,
alternadamente gestor do mato e do rio,
coube cuidar das situações ambíguas
que ocorrem na definição do masculino e do feminino
quando as diferenças acontecem alternadamente.
Oxumarê, ao mesmo tempo chão e firmamento,
ao mesmo tempo serpente e arco-íris,
foi feito o regente das diferenças
quando elas se manifestam juntas na mesma criatura
e se confundem.

Aimó interrompeu Ifá de novo:

— Não entendi a missão desses dois últimos, Logum Edé e Oxumarê. Pensava que as diferenças deviam sempre ser mantidas separadas uma da outra, cada uma em seu lugar.

— Poucos entendem — disse Ifá e retomou a narrativa, sinalizando a Aimó que se calasse.

Euá, a senhora das fontes,
ganhou o domínio dos mistérios
que cercam a condição feminina e a virgindade.

— Ah, isso também dá o que pensar, pelo pouco que sei da vida. Mas desculpe mais esta interrupção, desculpe, pode continuar — disse Aimó sob o olhar de desagrado de Ifá.

Os gêmeos Ibejis ganharam o patronato da infância,
cuidando para que ela seja respeitada pelos adultos.
Nanã, a velha dama, a senhora da lama,
responsável pela mistura de terra e água,
indispensável à manutenção da vida,
ganhou a regência da sabedoria e da senioridade.
Oxaguiã, o ar sereno e frio,
que controlava a respiração junto com Oxalá,
por sua iniciativa de inventar o pilão
foi feito patrono da criatividade
e da criação dos aparatos que facilitam a vida no Aiê.
Preside também as revoluções e o progresso
que melhoram a vida dos povos, na eterna reinvenção do mundo.
Porque o mundo é feito de tentativas e mudanças,
herança passada dos orixás a seus filhos humanos.

Oxalá, o Criador, que fez o homem e a mulher,
como não poderia deixar de ser,
é o que olha para que o respeito à vida humana
seja observado acima de tudo,
atento à obediência à hierarquia,
vigilante da quebra dos tabus.

Por fim, ao distribuir seus poderes entre os orixás,
Olorum designou o lugar de Iemanjá
no quadro final da divisão do trabalho divino.
Iemanjá, que mandava no mar e estava acostumada
à eterna rotina do ir e vir das ondas,
do subir e descer das marés,
podia dar uma excelente dona de casa!
Olorum determinou que Iemanjá deveria
tomar conta pessoalmente de Oxalá, o pai da humanidade, seu criador.
Seria certamente honroso cuidar do inventor das criaturas
que cultuam, alimentam e distraem os orixás,
imaginou Olorum.
Assim Olorum delegou poderes a seus filhos orixás
e pôde finalmente descansar.

De novo Aimó interrompeu:

— Falta falar de você. Vejo que trabalha muito, por todas essas histórias que ouço você contar e os conselhos que dá aos humanos.

Ifá olhou feio para a menina, e nesse exato momento Exu enfiou a cabeça pelo vão da porta e, sem mais, completou o mito, imitando a voz de Ifá:

Olorum encarregou Ifá de saber tudo
do passado, do presente e do futuro.
Exu recolheu as histórias há tempo acontecidas
que Ifá reuniu em dezesseis odus,
dezesseis capítulos,
que ele e os babalaôs, seus seguidores humanos, sabem de cor
e recitam para informar ao consulente
qual história antiga agora com ele se repete.
É da responsabilidade do adivinho presidir o oráculo,
enxergar nos instrumentos de adivinhação
qual história antiga de novo acontece e,
assim, orientar o ser humano,
porque na vida tudo simplesmente se repete.
Ifá conhece cada aventura vivida e tudo já acontecido,
o que transforma seu oráculo na memória da humanidade.

É esse o maior encargo,
o de guardião do conhecimento,
que Ifá recebeu pela vontade de Olorum.

Exu deu um sorriso debochado para Ifá e voltou para o lugar de onde viera, deixando Ifá um tanto constrangido. O mal-estar foi quebrado por Aimó, que perguntou:

— E todos os orixás ficaram satisfeitos com os encargos que receberam de Olorum?

Depois de se certificar que a anfitriã não se encontrava por perto nem podia ouvir o que eles conversavam, Ifá respondeu:

— Todos, menos Iemanjá. É o que vou contar agora e que explica por que, afinal, estamos aqui na casa dela.

Iemanjá reconhecia a importância de Oxalá
e logo tratou de se mudar para a casa dele,
que então vivia na cidade santa de Ilê-Ifé.
Cuidava de tudo,
fazia todo o serviço de casa, lavava, passava, cozinhava.
Recebia as visitas que iam ver Oxalá
e se enfiava na cozinha para oferecer aos visitantes
comidas e refrescos à altura do prestígio de Oxalá.
Iemanjá reconhecia a importância de Oxalá,
mas considerava os encargos dela um poder menor.
Os demais orixás ganharam poderes
pelos quais interfeririam diretamente nas coisas dos mortais.
Poderes pelos quais recebiam muitas homenagens e oferendas,
festas, seguidores e iniciações.
E ela, coitada, dentro de casa, sempre em casa.
Queria mais, queria ser procurada, ser festejada.
Queria devotos e sacerdotes que exaltassem seus poderes
e levassem seu nome para terras distantes.
Oxalá era muito importante,
ele criara o homem e mudara por completo a face dos mundos,
todos os mundos.
Mas ela achava que também merecia um poder maior,
que a fizesse amada, respeitada e temida.
Falava para Oxalá pedir isso por ela a Olorum.

Oxalá era tão importante, Olorum o atenderia.
E repetia esse pedido sem parar.
Falava, falava e falava no ouvido do pobre Oxalá.
Tanto pediu, tanto reclamou, tanto falou
que Oxalá acabou enlouquecendo.

Que desespero!
Ela não soubera cumprir uma missão tão simples.
O que seria dela quando soubessem
que ela provocara a doença na cabeça de Oxalá,
que o ori de Oxalá adoecera por causa dela.
Imediatamente tratou de curar o pobrezinho.
Banhou Oxalá em água de cheiro que ela mesma preparou
com as ervas que acalmam,
o vestiu com roupas limpíssimas
e o pôs para repousar em um quarto tranquilo,
de paredes brancas e chão forrado.
Deitou-o numa esteira nova
e o cobriu com um alvo e cheiroso alá de linho puro.
Tratou a cabeça de Oxalá, seu ori, com muitas oferendas,
água fresca, frutas dulcíssimas.
Ofereceu em sacrifício pombos brancos,
inhame pilado, obis, canjicas e acaçás.
Sentava-se a seu lado e cantava ternas cantigas, dançava para ele.
E dias depois ele ficou bom, sarou completamente.

Quando informado do acontecido,
Olorum não teve dúvida:
nomeou Iemanjá mãe da cabeça de toda a humanidade.
E não há lugar no mundo
em que seu nome hoje não seja venerado.
Onde houver uma mente insana,
uma cabeça desequilibrada, um louco, um deprimido,
um desnorteado, desanimado e triste,
onde houver quem por algum motivo perdeu a razão,
um sofredor, um colori, uma cabeça oca, lá Iemanjá é chamada.
E como no mundo dos homens e das mulheres
a loucura é o estado de alma que mais prolifera e faz sofrer,

**o poder de curar dado a Iemanjá fez dela
a deusa mais venerada entre todos os orixás.
Não há poder maior que o dela,
é o que ela agora afirma com orgulho e alegria.**

— É verdade, é verdade — gritou Aimó, batendo palmas. — Ela me curou, me curou dos pensamentos errados e infelizes que eu tinha dentro de minha cabeça. Eu adoro Iemanjá, iá mi odara, minha mãe maravilhosa. Não existe ninguém maior e melhor que minha mãe. Iemanjá, a mãe dos peixes. A mãe do mar, a mãe do rio, a mãe de Aimó.

9. O QUE PODE FAZER UMA ESPOSA DESESPERADA

Com Aimó restabelecida, partiram. Iemanjá insistira com Ifá para que deixasse a menina a seus cuidados. O mar era grande, havia lugar para a omobinrin. Aimó teria ficado, se não fosse a determinação de Ifá em cumprir corretamente a missão que Olorum lhe confiara. A viagem não estava completa, Aimó devia seguir em busca da vida, o que implicava conhecer de perto todas as aiabás e só depois fazer a escolha que propiciaria seu renascimento no Aiê.

No trajeto em que Ifá acompanhou Exu e Aimó, a menina perguntou a Ifá se ele poderia esclarecer uma terrível dúvida que ela tinha a respeito do incêndio de Oió.

— Que incêndio? — ele perguntou.

— O incêndio provocado por Xangô, quando aprendia a usar a arma que ganhou de Iansã — ela respondeu.

— Hum — disse Ifá.

— A menina está curada, Iemanjá consertou a cabecinha dela — comentou Exu.

— E o que você quer saber, omó mi? — falou Ifá.

— O seguinte: Xangô tinha muitas esposas — ela disse. — O que aconteceu com elas quando o palácio pegou fogo? Morreram ou conseguiram se salvar?

— Iansã o acompanhava nos exercícios de botar fogo pela boca, pelo que sabemos. Depois o levou para o Orum transformado em orixá.

— Estou pensando em Oxum, de quem gosto demais, e em Obá, de quem nada sei.

— Nenhuma história arquivada em meus odus que trate de Oxum e Obá faz qualquer referência ao que teria acontecido com elas no incêndio. Talvez Exu tenha perdido essas histórias quando as trazia para mim.

— Não perdi nenhuma história — protestou Exu. — Você deve ter registrado esses eventos no odu errado e agora não acha. Eu nunca perco nada.

— Não é o que diz sua mãe, mas deixa para lá — disse Ifá. — Não estou criticando, só quero responder à pergunta da menina. Não pode parar de comer por um segundo e me ajudar?

Exu deu de ombros e Ifá mudou o rumo da conversa.

— Está na hora de você conhecer um pouco a respeito de Obá. Vamos para a casa de Xangô, mas a da pequena cidade de Cossô, onde ele foi rei antes de assumir o trono de Oió.

— Vou cobrar por esse transporte — avisou Exu.

— Está vendo por que chamam Exu de mercenário? — disse Ifá à menina.

Logo estavam em Cossô.

O palácio de Cossô era menor que o de Oió, mas igualmente complexo e modesto: paredes de pau a pique, telhado de sapê, chão de terra batida. Eram muitos os aposentos, cada um reservado a uma das esposas e seus filhos. Na cozinha comunitária, esposas e criadas trabalhavam em aparente harmonia, enquanto Xangô e seus funcionários se ocupavam com os negócios de Estado nas dependências administrativas do palácio. Em um grande pátio externo, mulheres trabalhavam e crianças brincavam. Iamassê, a mãe do rei, ocupava aposentos na ala habitada por Xangô, a primeira esposa e os filhos dos dois. Exu contou que diziam que Iamassê não somente mandava no filho, mas vivia aterrorizando as esposas, jogando umas contra as outras, segundo a eterna estratégia de dividir para dominar. Mas a chefe da casa, pelo menos em termos nominais, era a primeira esposa, a quem cabiam as prerrogativas de moer a pimenta e preparar a comida do rei.

— A primeira esposa de Xangô é Obá — esclareceu Ifá. E apontou para uma mulher que naquele momento se afastava apressada do palácio, depois de dar ordens a mulheres que trabalhavam no pátio da frente do palácio. Ali os três observadores haviam se misturado a um grupo de homens e mulheres que esperavam para ser recebidos em audiência por Xangô.

— Ela vai até a aldeia onde nasceu se consultar com o babalaô de sua família, pois não confia no adivinho do palácio, que trabalha para o rei.

— Deve ser assunto que ela quer manter em segredo — suspeitou Aimó.

— Intrigas femininas — disse Exu. — O sonho de cada esposa é mandar nas outras, independente da hierarquia supostamente responsável pela harmonia doméstica. Tudo o que uma esposa quer é que o marido escolha um dos filhos dela para o suceder na chefia da família quando ele for levado para o Orum. Para alcançar esse objetivo e, de quebra, ganhar o disputadíssimo posto de mãe do rei, elas são capazes de tudo, até de recorrer a feitiçaria. Conte uma história das feiticeiras, Ifá. Fale das ajés, as Iá Mi Oxorongá.

— Agora não. Vamos seguir Obá.

E lá foram eles.

Obá, de fato, foi à procura do babalaô, que encontrou na praça do mercado em sua aldeia. Era dia de feira no local e havia muita gente vendendo e comprando, e muitos ocupados com outras coisas.

Ifá disse a Aimó que ficasse de olho na aiabá, que ele e Exu a veriam mais tarde. Ela devia seguir Obá quando ela voltasse para o palácio de Cossô e esperar por Exu. Disse à menina que não se metesse na história, pois ele não tinha tempo de levá-la outra vez a Iemanjá para consertar a cabeça. A menina fez que sim.

O que está descrito a seguir são as palavras que Ifá ou algum de seus seguidores usaria para descrever o que os olhos e os ouvidos de Aimó presenciaram sobre o episódio da morte do cavalo protagonizado por Obá, a primeira esposa de Xangô.

Obá procurou o babalaô
porque se sentia infeliz no casamento com Xangô.
Ela disse ao adivinho que tinha muitos privilégios
e que era tratada pelo marido, o rei, com atenção e respeito.
Mas atenção e respeito apenas não preenchiam o coração de uma mulher.

Xangô era um conquistador de terras e mulheres.
Casou-se com ela e a levou a Cossô.
Depois saiu para a guerra.
Voltou trazendo outra esposa, Iansã.
Xangô era um conquistador de terras e mulheres.
Depois de um tempo em casa, saiu para uma nova guerra de conquistas
e trouxe uma nova esposa em seu retorno.
Aconteceu muitas vezes,
já que Xangô era um conquistador de terras e mulheres.
Obá contou ao babalaô que no palácio, ela, Obá,
era quem cuidava de tudo: preparava as comidas do rei,
comandava o trabalho das demais esposas,
mantinha os criados na linha.
Tentava até mesmo sustentar um bom relacionamento com a sogra,
que em tudo dava palpite e tudo corria contar para Xangô
quando ele voltava de viagem.
Ela era a primeira esposa,
mas havia muitas outras mais jovens e mais bonitas.
Xangô era muito respeitoso com Obá,
mas procurava o amor com as esposas mais recentes.

Havia seis meses que Xangô partira para a guerra
e levara Iansã com ele.
Na volta do rei,
Obá queria muito que ele a olhasse
como olhava quando a conheceu.
O que o babalaô aconselharia àquela pobre esposa,
carente e desprezada?
O babalaô jogou o opelê para saber o que acontecia com Obá
e como ela deveria proceder.

Aimó percebeu que o adivinho hesitava, talvez com temor de dar um mau conselho, que depois poderia indispô-lo com o rei. Ou talvez não soubesse de cor a história antiga que o opelê apontava e que agora se repetia na vida de Obá. Não seria bom se ela chamasse Ifá em socorro daquele babalaô de aldeia? Afinal, Ifá era o chefe deles todos, o primeiro e o maior oráculo instituído por Olorum. Não, ela não podia chamar ninguém, não podia se meter. Estava ali apenas para observar. Mais tarde, lamentou essa decisão: talvez pudesse ter evitado uma tragédia.

Depois de refletir,
fazer novos lances com o opelê
e refletir um pouco mais,
o adivinho disse a Obá que fizesse um sacrifício,
um ebó, uma oferenda, um despacho.
Deveria usar para isso um presente que ela houvesse dado a Xangô,
do qual ele gostasse muito.
Obá se lembrou do cavalo branco
que deu ao rei quando ele voltou de uma das guerras.
Contou ao babalaô que Xangô gostava tanto do cavalo
que o pôs sob a guarda dela, por ser ela a primeira esposa,
e que o rei só o montava quando se exibia a seu povo,
depois de retornar vitorioso do campo de batalha.
O babalaô disse, por fim, que Obá devia pedir a Eleguá
que fizesse um espanta-moscas com o rabo do cavalo,
um iruquerê, o cetro do poder e da realeza,
e o colocasse sobre o telhado do palácio.
Sempre que Xangô estivesse sob aquele teto,
ficaria sob o poder, o domínio e a sedução de Obá.
Obá pagou o adivinho e tomou o caminho de casa,
confiante e esperançosa.

Aimó seguiu Obá, e ao chegarem ao palácio postou-se no pátio externo, aguardando os acontecimentos. Mais tarde, viu quando Obá saiu por uma porta lateral e, discretamente, subiu no telhado e depositou um espanta-moscas bem em cima da cumeeira, o ponto mais alto do palácio.

Aimó continuou em seu posto até a chegada triunfal de Xangô e se pôs bem perto dele para acompanhar a continuação da história.

A primeira coisa que Xangô fez ao voltar,
antes mesmo de entrar em seu palácio,
foi ordenar a um criado que lhe trouxesse seu cavalo branco.
Ele queria circular pela cidade montado nele

para que todos soubessem de seu retorno e de sua vitória.
O criado disse que o cavalo estava morto.
Alguém cortara seu rabo,
talvez para fazer um espanta-moscas,
mas não cortara somente os pelos do rabo,
como se fazia usualmente sem maiores danos.
Disse que o rabo todo do cavalo branco fora decepado
e que o pobre animal sangrara até a morte.
Xangô começou a trovejar loucamente,
deixando seu povo em polvorosa.
Esposas, filhos, ministros, funcionários, criados e outros
saíam do palácio apavorados para ver
o que acontecia no pátio onde Xangô bradava seu ódio.
E onde estava Obá, que não cuidara direito do cavalo,
queria saber Xangô,
onde estava a primeira esposa,
que fora completamente displicente em suas obrigações?
O cavalo branco estava sob os cuidados dela!
Era sua principal atribuição!
Logo trouxeram Obá à presença do rei
e ela chorava e pedia perdão,
praticamente confessando sua culpa, seu desleixo.
Xangô ordenou que ela deixasse o palácio.
Ela não merecia o respeito que o rei lhe devotava.
Xangô entrou pela porta principal
e Obá partiu de volta para sua aldeia.

Que história mais triste, pensou Aimó, lamentando não ter com quem conversar sobre a desventura de Obá, tão amorosa e devotada.

— Você não ia querer ter Obá como mãe, não é? — disse Exu, sentado ao lado dela, calmamente palitando os dentes.

— Ah, você está aí, que bom! E por que eu não ia querer uma mãe como Obá? Tudo o que ela fez foi por amor. Não teve culpa se o desastrado desse tal de Eleguá matou o cavalo quando bastava cortar os pelos do rabo sem feri-lo.

— Mas ninguém me disse como é que eu tinha de cortar o rabo! Só fiz do jeito que achei melhor, não tenho culpa.

— Eu estou falando de Eleguá! O que você teve a ver com a morte do cavalo?

— Então você não sabe que Eleguá é um outro nome pelo qual me chamam?

— É mesmo?

— Você pode me chamar de Exu, Eleguá, Elegbara, Bará... E do outro lado da grande água há quem me chame de Diabo, Demônio, Capeta, que são nomes estrangeiros de que eu não gosto nem um pouco. Soam mal, não soam? Eta lugarzinho para ter gente ignorante. Ah, desculpe, agô — Exu se tocou da gafe —, evidentemente não me referia a você, que viveu lá. E você estava dizendo que achou a história triste.

— Não gostei da parte que fala da morte do cavalo branco, tive pena, mas foi um mal-entendido, não foi? Deixa para lá. E achei uma injustiça Obá ser expulsa, tive mais pena ainda. Ela nunca mais voltou ao palácio?

— Ela nunca deixou de ser a primeira esposa no palácio de Xangô.

— Não entendo.

— Então, quando vir Ifá de novo, pergunte a ele.

— É o que vou fazer.

— Agora vou levar você para Oió, onde Ifá nos espera.

— Por que lá?

— Porque tem muitas aiabás naquele pedaço. Não quer achar sua mãe?

Aimó surpreendeu-se ao chegar a Oió e encontrar a cidade como se nunca tivesse havido incêndio algum por ali.

— Pensei que vínhamos para uma cidade que estaria sendo reconstruída depois de ser destruída pelo fogo — disse a menina ao mensageiro.

— Não tente juntar uma história na outra, omobinrin mi. Não é assim que as coisas funcionam por aqui.

— Difícil de entender. Quando saímos de um lugar, já não sei mais aonde vamos parar. O ontem, o hoje e o amanhã não seguem uma ordem, um entra no lugar do outro.

— Mas não é assim também dentro de sua cabeça, menina?

— Parece uma roda que anda para a frente e para trás. Me deixa tonta.

— O tempo do Aiê e o tempo do Orum não são o mesmo, omó mi.

— Mas, afinal, a qual desses dois mundos eu pertenço?

— No momento, a nenhum. Esse é seu problema — riu Exu.

Foram à procura de Ifá e esperaram até ele terminar uma consulta.

Aimó apontou para um cortejo que cruzava a praça do mercado. Uma rainha, ladeada por suas damas e protegida por soldados armados, andava no meio do povo, a quem distribuía bolinhos que tirava de uma cesta levada por uma das acompanhantes. Exu chegou perto e conseguiu um.

— Não é Obá, a primeira esposa de Xangô? — perguntou Aimó a Ifá apenas por perguntar. Sabia que era ela.

Exu, que se aproximava, comentou:

— E como sempre, sua comida é a melhor. Se você um dia for filha dela — disse Exu à menina —, vai comer muito bem. Vai engordar feito Xangô.

— Cada vez gosto mais de Obá e queria saber mais de sua vida — disse Aimó, olhando para Ifá com um olhar pidonho.

— Vamos nos sentar à sombra daquele sicômoro — disse Ifá.

Aimó ouviu atentamente o mito.

Obá e Oxum disputavam o amor de Xangô.
Mas na casa do rei, a disputa do leito começava no fogão.
Embora por direito Obá mandasse na cozinha,
cada semana uma delas se encarregava
de preparar a comida de Xangô.
Cozinhar, para elas, era parte de um jogo de amor,
uma arma de conquista, exercício de permanente sedução.
Esmeravam-se em receitas e ingredientes novos
no desejo de prender o rei pelo estômago.
Xangô era comilão e exigente no paladar
e adorava as invenções culinárias das esposas.
Obá era a esposa mais velha,
mas ainda cheia de viço e virtudes do prazer.
Oxum era jovem, recém-chegada,
talvez bem menos experiente que Obá,
mas de beleza capaz de vencer qualquer competição.

**No momento, dividia com Obá as preferências do rei,
e a disputa nas artes da cozinha e nas artes do amor
acabou se transformando em uma guerra entre as duas,
a que as demais esposas assistiam com prazer,
esperando que uma destruísse a outra
e sobrasse para elas mais amor,
mais amor e atenção de Xangô.**

Aproveitando-se de uma pausa feita por Ifá para beber água da cabaça que ela lhe estendia, Aimó fez seu comentário:

— Este mito deve ser contado por você com frequência, imagino. Eu não queria ter um marido para dividir com outras mulheres. Acho que nenhuma mulher gosta de ser só mais uma. Devem brigar sem parar, e o coitado do adivinho que encontre uma saída.

— O babalaô é pago pelos seus serviços, não é nenhum coitado — disse Ifá. — Quanto mais briga de esposas concorrentes, mais ouô, mais dinheiro, ele junta na sacola. — Ifá riu da própria observação. — Mas você ainda não viu nada, ouça o fim da história.

**Oxum não gostava de dividir o que era seu
nem aceitava que outra mulher tivesse privilégios
e prerrogativas que ela não tinha.
Obá era a primeira esposa e conhecia seus direitos,
mas Oxum era Oxum, não ficaria em segundo lugar.
Traçou seus planos, era dissimulada, e se fez amiga de Obá
com a proposta de paz e harmonia no trato do marido
e do lar que dividiam.
Fingiam ser amigas e irmãs devotadas,
como se esperava de esposas ajuizadas.
Oxum chamava Obá de ebômi,
que significava minha irmã mais velha,
um tratamento respeitoso às esposas mais idosas.
Obá chamava Oxum de iaô, jovem esposa,
tratamento das esposas mais velhas às mais novas,
que também denotava admiração,
ou talvez inveja disfarçada.**

Um dia, Oxum foi para a cozinha usando
um turbante que lhe cobria as orelhas.
Preparou um guisado de quiabos,
carne de carneiro e camarões secos pilados,
em que juntou a metade de um grande cogumelo
que fritara em azeite de dendê.
Antes de levar a comida para Xangô,
mostrou sua criação culinária para Obá,
pedindo sua aprovação.
Obá sentiu o aroma,
provou um pouco na ponta do dedo
e se encantou com o sabor, o cheiro e a textura.
E o ingrediente que boiava no ensopado,
como uma joia que completava a coroa, o que seria?,
quis saber.
A orelha de uma mulher apaixonada,
disse Oxum e apontou para um dos lados de sua cabeça
devidamente coberto pelo turbante,
pedindo à irmã para guardar segredo.
Xangô comeu tudo e lambeu a gamela
em que sua comida sempre era servida.
Ficou satisfeitíssimo a ponto de arrotar doze vezes.
Em seguida, levou Oxum para o quarto
de onde só saíram depois de doze dias.

— Oxum cortou mesmo a orelha? — perguntou Aimó, sentindo certo mal-estar.

— Obá cortou — disse Exu com cara de desprezo.

— Não antecipe o final, Exu, ou eu paro de contar — reclamou Ifá.

— Todo mundo já não sabe o fim da história? — disse o mensageiro.

— Eu não sei — disse Aimó.

— Então os dois que se calem para eu continuar — disse Ifá, exasperado.

Era a vez de Obá cozinhar para Xangô
e ela não teve a menor dúvida.

Preparou o prato de quiabos, carneiro e camarões,
que enfeitou com a orelha que cortou de si mesma,
a orelha de uma mulher apaixonada,
igualmente cobrindo a cabeça com um turbante
para manter em segredo a receita preciosa.
Xangô comia com satisfação até morder a orelha frita de Obá.
Cuspiu no chão aquela coisa dura e nojenta
e chamou Obá para explicar o que era aquilo.
Pressionada, ela revelou a completa história da receita.
Que uó! Que coisa horrível!
Xangô, tomado por engulhos incontroláveis,
vomitou sem parar durante doze dias.
Nesses dias, com Xangô praticamente doente,
Obá e Oxum brigaram como leoas enlouquecidas.
Estapearam-se, puxaram-se os cabelos, se arranharam,
uma xingando a outra aos brados,
e quebraram a casa toda.
As demais esposas observavam de longe
e riam da ingenuidade de Obá,
mas esperavam que ela acabasse com a empáfia de Oxum.

Quando Xangô parou de vomitar,
muniu-se de uma tira de couro de vaca
e surrou as duas esposas,
desejando sobretudo trazer um pouco de concórdia
àquele lar em conflito.
Para fugir de um castigo que podia durar doze dias,
as duas correram em desatino para o mato.
Xangô foi atrás delas, gritava para que parassem
e lançava raios na direção das fujonas.
Quando estavam a ponto de serem alcançadas,
as mulheres se atiraram ao chão
e no chão se transformaram em dois rios,
que correm em leitos separados
e se juntam mais adiante em uma única corrente.
Cada rio ganhou o nome de uma delas,
ou talvez seja o contrário, não importa.
O fato é que onde o rio Obá e o rio Oxum se encontram

**a correnteza resultante é uma feroz tormenta
de águas disputando o mesmo leito.**

— Ah, quero nascer filha de uma delas. Que bonito isso de elas virarem rios. Eu gostaria de ser um rio — disse Aimó.

— A mulher é sempre rio, sempre água, omobinrin mi. Aprenda isso. É na água que os filhos são gerados na barriga das mães.

— E os homens, o que são?

— Depende. Podem ser terra, podem ser fogo. Terra que a água tornar fértil e fogo que a água pode apagar.

— Significa que a mulher é mais forte do que o homem?

— Não, menina, somente Iansã acredita nisso. Mas são diferentes, sim. Aliás, também tem o ar, que é ao mesmo tempo masculino e feminino. É o caso de Oxalá, que é ar, que já existia no nada, antes da Criação, antes da invenção das diferenças.

— Mas se toda aiabá é um rio, quando eu renascer filha de uma delas vou ser água?

Exu, retornado após uma breve ausência, entrou na conversa:

— Se a água não se derramar toda pelo caminho, quem sabe.

— Ah! — Aimó deu de ombros.

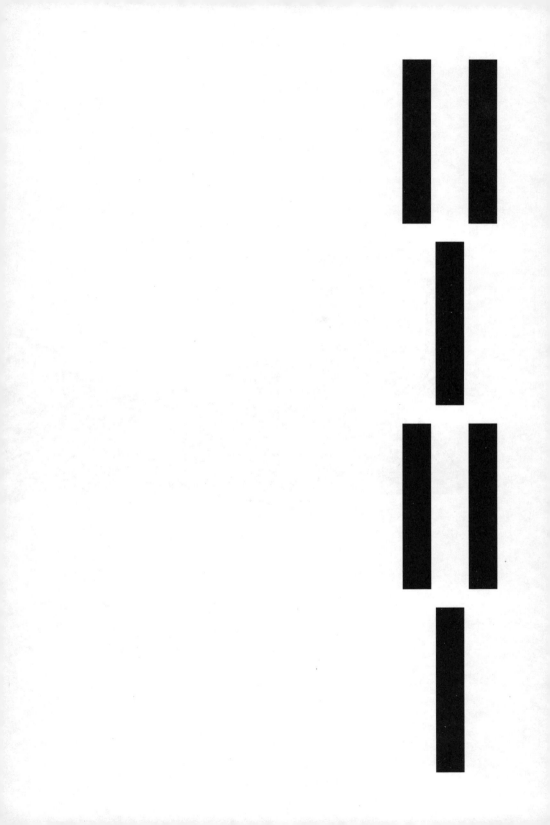

10. O DOCE DISFARCE DA CONQUISTA AMOROSA

Exu disse que queria descansar, dar um cochilo na próxima encruzilhada, depois, evidentemente, de provar o que de bom poderiam ter deixado para ele onde os caminhos se cortavam.

— Um dia vou prender você para que não possa comer nada, quero ver como é que você vai se virar — brincou Aimó com Exu.

— Se me prender, não vai acontecer nada, sua boba. Sem Exu, tudo para — disse ele, de um jeito que Aimó achou pretencioso —, o mundo não se move e não se transforma, sabia não? A vida estanca.

— Tanto assim?

— Já que estamos perto do rio Oxum — Ifá mudou o rumo da conversa —, vamos ver como o rio enganou o mato e acabou desmascarado por si mesmo?

— Outra história de Oxum? — quis saber Aimó. — Adoro.

Chegaram à beira do rio e lá estava Oxum sozinha e chorosa, sem querer conversa com ninguém.

— Chegamos tarde — disse Ifá. — Ela já foi desmascarada.

— Então conte o que aconteceu — pediu Aimó.

— Vou contar — concordou Ifá. — Quem sabe no finzinho ainda não conseguimos ver alguma coisa acontecer ao vivo. — Antes vou lhe apresentar um caçador muito famoso, motivo dessa tristeza de Oxum.

Ifá fez ares de quem consultava suas lembranças e continuou:

— Entre os muitos caçadores, os muitos odés que caçavam nestes matos, um se tornou o mais famoso, porque, dispondo de uma flecha só, conseguiu realizar a proeza que outros odés, providos de vinte, quarenta, cinquenta flechas, não conseguiram consumar: matar o pássaro agourento enviado por uma ajé, uma velha mãe feiticeira. Por não ter sido convidada pelo rei para a festa da aldeia, ela enviou seu pássaro com seu feitiço para acabar com a festa e a aldeia. O rei convocou os caçadores para matar o pássaro da feiticeira, mas todos fracassaram e foram por isso duramente castigados. Depois que os mais experientes falharam, o caçador de uma só flecha se apresentou para executar a perigosa missão.

Exu olhava Ifá com desconfiança. O adivinho prosseguiu:

— A mãe do odé, mulher sábia e experiente, temendo pela vida do filho, não ficou parada. Ela fez um grande ebó para a feiticeira, ofereceu-lhe uma bela refeição com galinhas gordas e ovos, tudo delicioso e em grande quantidade. Conclusão: a feiticeira comeu tudo, ficou com sono e dormiu profundamente. Seu pássaro, sem o controle da dona, perdeu sua proteção mágica. Então o caçador atirou sua única flecha, matou o pássaro, e a cidade prosseguiu feliz em seus festejos. E Oxotocanxoxô, o caçador de uma flecha só, foi adorado e chamado de Oxóssi, o caçador do povo.

— Espere aí, meu caro sabe-tudo. Em primeiro lugar, essa história não tem nada a ver com o que viemos presenciar aqui — criticou Exu. — Nada a ver com Oxum. O odé envolvido no acontecimento que deixou Oxum abandonada na margem deste rio foi Erinlé, e não Oxóssi. Em segundo lugar, comida só dá sono em quem não sabe comer direito.

Ifá não gostou dos comentários e reagiu:

— Meu caro faz-tudo, só estou apresentando um dos personagens da história de Oxum que ainda vou contar, falando de um caçador que omó mi ainda não conhece. Sei muito bem que os nomes Erinlé e Oxóssi podem se referir a odés diferentes, de cidades diferentes, mas houve época em que Oxóssi, o Oxotocanxoxô, andou caçando elefantes. Daí que o nome Erinlé, o caçador de elefantes, pode bem estar se referindo a Oxóssi-Oxotocanxoxô. Para não complicar, estou chamando o caçador de Oxóssi, mas também poderia chamá-lo de Erinlé. E não sou eu que digo que a mãe feiticeira dona do pássaro, a Iá Mi Oxorongá a que me referi, pegou no sono porque comeu demais. —

Ifá tocou o solo com a mão e depois a própria fronte ao pronunciar o nome da feiticeira. — Quem diz é a tradição, está lá, no mito registrado no odu que fala delas, as ajés, as feiticeiras. E tradição a gente não inventa, a gente respeita. Entendeu?

Exu fez sinal com a mão para Ifá parar de falar e disse:

— Explicações demais, seu sabe-tudo, mais parece um olucó. Você daria um ótimo professor, hein? Mas vamos ao que interessa porque eu tenho fome e o saco de oferendas está quase vazio. Fala que foi Oxóssi e pronto, estou me lixando.

Assim falou Ifá:

Onde a floresta margeia o rio
e os animais do mato se acercam para beber água,
reinavam Oxóssi e Oxum, cada um em seu elemento.
Oxum vivia nas águas e vinha com frequência à margem
para admirar na superfície aquosa a própria beleza refletida.
À beira de seu leito penteava os cabelos,
polia seus indés, suas pulseiras, lavava seu idá, seu punhal,
e caminhava sobre as pedras ásperas da margem
para lixar seus pés macios de sereia.
Adorava respirar o perfume que vinha da floresta,
um cheiro de homem, de caçador, de odé.
Ali perto, o caçador Oxóssi afiava a ponta da flecha,
estirava a corda do arco e espreitava a caça.
Esperava calmamente o momento exato de atirar.
Um dia, Oxum viu Oxóssi e o desejou.
Oxóssi viu Oxum e apenas se afastou.
Oxum fez de tudo para atraí-lo e não conseguiu.
Foi consultar um babalaô.
O babalaô jogou o opelê e esclareceu suas dúvidas.
Oxóssi colhia seus amores entre as ninfas da floresta.
Oxóssi se sentia atraído unicamente pelas mulheres do mato
e desprezava as mulheres do rio.
Somente a mulher da floresta podia conquistá-lo.
Somente a mulher da floresta podia mantê-lo a seu lado.
Que Oxum fizesse um sacrifício de mel de abelha
e respeitasse a natureza do caçador.
Oxum pagou o babalaô

e entregou o ebó na linha que juntava o mato ao rio.
Depois cobriu o corpo com uma generosa camada de mel
e rolou no chão da floresta, repleto de folhas.
As folhas grudaram na pele untada de Oxum.
Assim disfarçada de mulher da floresta,
Oxum deu um jeito de ser vista pelo caçador.
Oxóssi apaixonou-se por Oxum no momento em que pôs os olhos nela.
Viveram um grande amor.

Mas Oxum queria mais,
queria trazer o amado para seu elemento, a água.
Esquecendo-se das palavras do adivinho,
Oxum convenceu Oxóssi a se banhar no rio com ela.
Mas as águas dissolveram o mel
e as folhas se soltaram da pele de Oxum.
Oxóssi entendeu o engodo,
virou as costas para Oxum
e foi-se embora para sempre.

— E eis que aí está ela se lamentando bem na nossa frente — disse Ifá.

— Deve estar sofrendo muito por amor — se condoeu Aimó.

— Mentira tem perna curta — criticou Exu.

Viram que Oxum agora caminhava pela margem, levando suas joias, seus axós e seu abebé, seu leque.

— Ela vai para a aldeia de Ipondá, lá para as bandas de Oxogbô, sua cidade. Ela está grávida do amante da floresta. Vamos segui-la.

Em Ipondá, Aimó observou semana após semana o crescimento da barriga de Oxum. Todo dia, quando Oxum saía para o mercado, Aimó a acompanhava, sempre admirando sua beleza, que aumentava com o avanço da gravidez. Enquanto isso, Exu e Ifá cuidavam de seus negócios nos mais distantes pontos do Aiê e do Orum.

Aimó não passava nem um dia sem a visita de Exu, pois ela ainda era a guardiã da matalotagem que Exu abastecia e consumia com a frequência de sempre. Por meio de Exu, Ifá enviava notícias a Aimó, a quem pedia relatos detalhados de tudo o que ela fazia por ali.

Quando Aimó ouviu o choro de um recém-nascido vindo da casa de Oxum, sabia que o filho de Oxóssi nascera. Como ela gostaria de pegar o neném no colo, só por um minutinho! Sabia que era impossível e mesmo assim se congratulou com a nova mãe que um dia, quem sabe, seria também a mãe dela. Teria um irmãozinho filho do rio e da floresta, uma grande alegria, com certeza.

Não demorou e uma ventania tomou conta do lugar, e Aimó viu Iansã entrar na casa de Oxum. Em seguida a viu sair com o recém-nascido nos braços, afastando-se em disparada da casa e de Ipondá.

— O menino foi chamado Logum Edé — ouviu Aimó de Ifá, que se postava ao lado da menina, sentando-se com ela nas raízes de um iroco, árvore frondosa e protetora. Logum Edé é filho de Oxum e Oxóssi, ou de Oxum e Erinlé — se corrigiu, depois da cutucada que levou de Exu. — Mas quem o criou foi Iansã.

Disse mais:

— Logum Edé é metade rio, metade mato. E uma metade nunca se mistura com a outra. Elas se alternam em tempos diferentes. Metade do ano é caçador, na outra metade é pescador. Come peixe e come caça, cada coisa a seu tempo.

— Começo a entender coisas que não entendia antes — disse Aimó.

— Menina esperta — zombou Exu.

Ifá continuou:

— Logum Edé usa o ofá, o arco e flecha que herdou do pai, para caçar. E usa o abebé, o leque-espelho que herdou da mãe, para mirar sua beleza.

— E o pobre do odé enganado — acrescentou Exu, sem dizer o nome do caçador — ganhou um tabu: nunca mais provou oim, mel de abelha. Oim que também é proibido aos filhos dele, mas do qual eu como até me lambuzar. — Disse e tirou da matalotagem um pote de mel.

Era tarde, escurecia e o céu ameaçava chuva. Os três se afastaram, tomando a direção de outra cidade, para outra história que se repetiria em algum lugar.

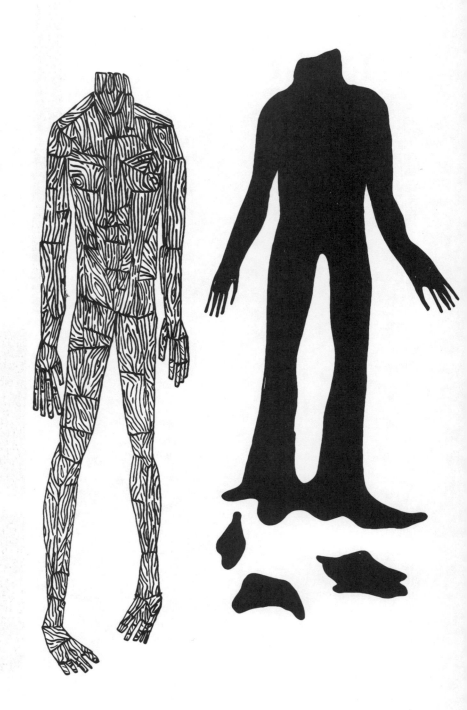

11. O CORPO TEM QUE SER DEVOLVIDO AO CHÃO

A chuva caía grossa e decidida, e o caminho que seguiam se transformou em um lamaçal. Arrastando com dificuldade os pés na lama, os corpos tiritando de frio, apressaram o passo à procura de um abrigo. Chegaram à beira de uma lagoa e, em meio à lama, avistaram uma rústica construção, pouco mais que um telhado de palha e três paredes de barro, sem portas nem janelas, aparentemente desabitada.

Abrigaram-se e trataram de se enxugar, espremendo e sacudindo suas roupas, torcendo as mechas ensopadas do cabelo e dando pulos para se esquentar. Exu virou a matalotagem de boca para baixo para que a água da chuva que penetrara pela abertura mal amarrada escorresse para fora. Lamentou profundamente que uma lebre morrera afogada dentro do saco, enquanto patos e marrecos se divertiam nadando entre espigas de milho, réstias de cebolas, maços de coentro, cabaças de azeite e outras oferendas que boiavam na superfície da improvável inundação.

— Pedimos licença à nossa irmã mais velha. Licença, Nanã, agô — pronunciou Ifá, tocando o chão do abrigo com a mão e em seguida sua própria testa.

A menina, mesmo sem lembrar o porquê daquele ato, repetiu o gesto do adivinho. Exu continuava tentando salvar da água as oferendas molhadas dentro do saco. Mas olhou para o centro da construção e fez um gesto rápido com as mãos, voltando as palmas para cima, cumprimentando o orixá do lugar. Lá fora, a chuva continuava, e a lama que tomava os arredores parecia intransponível.

— Estamos em um ilê axé, omobinrin mi. Estamos em um templo. Este é um templo de Nanã.

— Nanã mora aqui? — surpreendeu-se Aimó, certamente impressionada com a pobreza do local.

— Um ilê axé é um local onde os devotos deixam oferendas para o orixá e onde são mantidos objetos simbólicos que o representam. Os humanos gostam de símbolos, não vivem sem eles.

— E com quem os humanos aprenderam a gostar de símbolos? — comentou Exu, fazendo pouco-caso de Ifá e apontando para o ogó que pendia de seu cinto, seu bastão de formato fálico, que simbolizava o poder que ele detinha na fecundação humana.

Aimó fez que sim com a cabeça e voltou ao assunto anterior:

— Mas onde mora Nanã? Pensei que ela fosse um rio, como as outras aiabás.

— Pense na água se misturando com a terra, olhe em torno de nós.

— A lama? — arriscou Aimó.

— Sim, a lama, o barro, a argila. Que viram tijolos e paredes, potes e alguidares, quartinhas e panelas, estatuinhas e colares...

— Fala logo o mais importante — disse Exu a Ifá, impaciente, alisando a barriga.

— A lama que se transforma em osso e em carne, que se transforma no corpo do homem e da mulher.

— Vai me contar essa história? — pediu Aimó.

— Depois. Agora vamos comer.

Exu foi o primeiro a comer, depois Ifá depositou no fundo da cabana oferendas para Nanã e outros deuses ali representados. Em seguida, Ifá comeu. Aimó compartilhou os alimentos oferecidos, comendo por último.

Terminada a refeição, Aimó interpelou o adivinho:

— Vejo que os símbolos de Nanã não são os únicos. Quem faz companhia a ela?

— Seus parentes, que a acompanharam quando ela migrou de outra nação para a nossa. Falavam outra língua, a língua fon, dos povos jejes, e não eram chamados de orixás, mas de voduns. Nossa nação os recebeu e os adotou, e desde então somos todos iguais. Nanã se juntou a nós orixás com seus filhos Oxumarê e Omulu, e também com Euá.

— Na nação fon meu nome é Elegbara e o de Ifá é Fá — disse Exu.

— Os voduns não são filhos de Olorum? — perguntou a menina.

— Claro que são, mas eles o chamam de Avievodum — disse Exu, que substituiu Ifá nas explicações quando o adivinho se ausentou para atender a um chamado urgente. — Todos os deuses que cuidam do Aiê são filhos de Olorum, até aqueles de que nunca ouvimos falar e que trabalham em terras que não sabemos existir.

— Onde vivem esses?

— No Orum, onde mais? O Orum se divide em nove espaços. Você só conheceu o nosso. E não adianta me perguntar dos outros porque só Iansã tem autoridade para circular pelos nove céus. Ah, uma curiosidade: Iansã é a forma abreviada do verdadeiro nome dela, Iá Messã Orum, a mãe dos nove céus.

— Mas eles são orixás ou são voduns?

— Em terra de orixá, a família de Nanã vive com os orixás e são todos orixás, iguais a nós. Na terra deles são voduns. Simples, não é? Depois tem os tais de inquices, os deuses das terras dos povos bantos, que também se juntaram aos orixás, mas isso é outra história, uma complicação lá da nação além-mar, no Brasil.

— Nossa, estou me tornando uma sábia — disse a menina. — Vou voltar para o Aiê sabendo coisas que muitos não sabem.

— De jeito nenhum. Tudo que você está vivendo e aprendendo no Orum vai ser esquecido quando você nascer de novo, se nascer. Do mesmo jeito que tudo que é vivido no Aiê em vidas passadas também é esquecido. Do contrário, a vida nova não teria graça, não seria uma vida nova, não é?

— É — disse a menina, decepcionada. Sua animação murchara.

— Agora passo a palavra ao bambambã das histórias, que já vem chegando aí com os pés embarreados — disse Exu.

— Querida omobinrin mi, sente-se porque a história é comprida — disse Ifá, depois de lavar os pés.

Tudo começou com as dificuldades de Oxalá na criação do mundo.

Oxalá, naquele tempo, era chamado de Obatalá,
o senhor do pano branco,
só porque sua túnica inconsútil era mantida sempre alvíssima.
A tarefa da Criação era exclusiva dele,
presente de Olorum.
Mas antes de qualquer ação ele deveria fazer oferendas a Exu,
porque sem a participação de Exu nada acontece,
o movimento e a mudança são competências exclusivas dele.
Oxalá, porém, não seguiu o preceito e perdeu essa oportunidade.
O mundo acabou criado por seu irmão Odudua,
que roubou o saco da Criação dado por Olorum a Oxalá,
fez a Exu as oferendas recomendadas e criou o mundo.
Oxalá havia se embriagado com vinho de palma,
que extraiu do dendezeiro e bebeu em grande quantidade
para aplacar a sede provocada por Exu,
entre outras atribulações,
porque Exu se sentia indevidamente negligenciado.
Bêbado, caiu num sono profundo.
Nessa condição, Oxalá foi passado para trás por Odudua.
Por causa disso, Olorum determinou que Oxalá nunca mais
comesse ou bebesse nada que fosse produto do dendezeiro.
Tudo que leva azeite de dendê ou vinho de palma
é tabu, euó, para Oxalá e seus filhos.
Mas Oxalá era o predileto de Olorum e teve outra chance.
Oxalá foi encarregado de criar o homem e a mulher,
que ainda não existiam no mundo feito por Odudua.
E a humanidade foi criada por Oxalá,
com a ajuda de Exu, agora devidamente propiciado.
E aqui entra a participação de Nanã.
Na feitura do homem, Oxalá tentou vários materiais.
Fez o homem de pedra, mas ficou pesado demais
e ele não saía do lugar, não se mexia.
Fez o homem de madeira,
mas seus movimentos ficaram desengonçados.
Fez o homem de água, mas ele escorria pelo vão dos dedos.
Fez de ar, que é a matéria do próprio Oxalá,
mas o vento dispersava o homem ao menor sopro.

— Coitado do Oxalá — disse Exu, ressurgindo. — Essa tal de Criação foi uma verdadeira dor de cabeça para ele. Levou milênios e milênios para fazer do homem o que ele é. Demorou tanto que acabou velho e cansado, tendo que se apoiar em seu cajado até para dançar.

— Você bem que atrapalhou um bocado — disse Ifá.

— Culpa do velho, pretensioso demais — disse Exu. — Achava que podia tudo, porque depois seria venerado como o maioral por suas criaturas e me pôs de lado, se danou. Nessa história há uma guerra entre o orgulho e a humildade. Eu só apareço nas entrelinhas, mas fiz minha parte. E no final, injustamente, Oxalá saiu mais prestigiado do que eu. Você sabia, omobinrin, que o nome Oxalá vem de Orixá Nlá, que quer dizer o grande orixá? E eu, o que sou? Pobre de mim.

— Para mim você é o maior, Exu. — disse a menina para animá-lo. — Não liga, não.

— Posso continuar? — queixou-se Ifá, enciumado pelo elogio da menina ao mensageiro.

Desanimado, Oxalá contou seus infortúnios para Nanã,
a mais velha dos orixás, de grande sabedoria,
que mora no fundo da lagoa,
onde a mistura de terra e água dá forma a seu corpo.
Nanã se dispôs a emprestar a matéria de seu próprio corpo
para que Oxalá fizesse a criatura humana.
Que Oxalá fizesse os homens e as mulheres de lama.
Bem amassada, bem socada, dá um barro de primeira,
matéria-prima macia, consistente e fácil de moldar.
Depois era só tirar o corpo de dentro da água,
a terra transformada em carne no ventre da mãe.
E assim o homem foi criado com a ajuda de Nanã,
depois de muitas oferendas ao senhor do movimento.
Infelizmente Oxalá se esqueceu
de fazer uma cabeça para o ser humano,
onde ele pudesse tecer seus pensamentos,
cultivar suas lembranças e guardar as linhas de seu destino.
O ser humano foi feito sem ori, sem cabeça.
Sem tudo aquilo que ele tem dentro da cabeça,

melhor dizendo, o miolo.
Ajalá, outro irmão de Oxalá, veio em seu socorro
e passou a produzir boas cabeças de barro,
que ele cozinhava no forno de sua olaria.
Entre todas as cabeças fabricadas por Ajalá,
ao nascer o homem escolhe uma para si.
Escolhe uma cabeça nova ao nascer,
um ori recém-fabricado, sem nenhuma lembrança,
uma folha em branco para uma vida nova.
O único problema é que Ajalá gosta de beber.
E quando ele trabalha bêbado,
algumas das cabeças não saem bem cozidas.
Mas Iemanjá aprendeu um jeito de resolver esse problema
e sabe como consertar cabeças com defeito.

Nanã emprestou a Oxalá a matéria-prima para o homem,
mas advertiu que era um empréstimo,
não uma doação.
Oxalá teria uma dívida com ela,
que, imprudentemente, depois se esqueceu de pagar.
A humanidade se reproduziu, inventou os ofícios,
construiu aldeias e estradas, se diferenciou em povos e línguas,
se propagou por vários pontos do Aiê.
Os humanos se gabavam de saber tudo,
mas a morte era coisa que os homens e as mulheres daquele tempo
não conheciam para si,
porque foram feitos à imagem dos deuses,
suas cópias no Aiê, e os deuses são para sempre.
Desde o começo o homem sabia que existia um jogo de obrigações
e deveres de um lado e de outro.
Os orixás ajudavam os homens e as mulheres
a enfrentar as dificuldades da existência,
mas cabia aos humanos honrar e alimentar os orixás.
Então os homens fizeram suas ciências, construíram suas riquezas,
produziram suas artes e perderam a humildade.
Se achavam tão importantes quanto os orixás.
Não precisavam mais deles.
Romperam o acordo de reciprocidade.

A humanidade abandonou os deuses.
E os deuses padeceram de fome e de esquecimento.

— Isso é ingratidão, não é? — disse Aimó.
— Vai ter troco, pode deixar — disse Exu.

O que estaria errado com a criatura de Oxalá?
Oxalá consultou o babalaô para saber como agir.
O babalaô disse que a rebelião dos humanos
tinha algo a ver com a matéria-prima de sua constituição.
Oxalá lembrou-se da dívida que tinha com Nanã,
foi à procura dela e ela lhe cobrou o cumprimento do antigo pacto.
Ela emprestara, sim, a lama para a feitura do homem,
mas era apenas um empréstimo.
E o que era emprestado tinha que ser devolvido.
Então Oxalá criou a morte e com esse ato resolveu dois problemas.
O homem perdeu a imortalidade
para que a carne de seu corpo fosse devolvida a Nanã,
retornando à terra de onde tinha saído.
E tendo perdido a imortalidade, o homem perdeu a arrogância,
se descobriu inferior aos deuses imortais
e restabeleceu o pacto de ajuda mútua.
O homem continuou com seu espírito eterno,
mas de tempos em tempos é obrigado a morrer
e devolver, assim, seu corpo à terra, à lama,
para depois nascer de novo e ocupar um outro corpo,
que cedo ou tarde será de novo devolvido a Nanã.

— A menina perdeu a língua? — falou Exu. — Você é a primeira a dar palpite e está aí muda feito uma boneca de pau. Não deu um pio ao final da história.

— Tenho medo desse assunto — ela disse. — Muito medo de não nascer de novo.

— Então agrade Nanã, puxe o saco dela — disse Exu. — Escolha-a para ser sua mãe e com certeza, nem que for só por orgulho, ela vai dar um jeito de pôr seus pezinhos de barro no Aiê.

— Ela seria uma mãe formidável — disse a menina. — Não

precisa da bajulação de ninguém, muito menos de mim, que adoraria ser sábia como ela.

— Falsa! — disse Exu.

— Deixe omobinrin mi em paz — repreendeu Ifá. — Há muita coisa odara sobre Nanã que ainda quero contar a ela.

— Pois conte enquanto entrego estas cartas — despediu-se Exu.

— Exu não para, daqui a pouco está de volta — disse Aimó. — Ainda bem que ele tem pernas compridas.

— Ele é o movimento, omó mi.

— E tem os pés bem ligeiros.

— Isso ele tem mesmo. Pés apropriados para um leva e traz — riu Ifá.

— Mas voltando a Nanã, babá mi, conte um pouco sobre os filhos dela — pediu Aimó.

— Bem, Nanã tinha dois filhos, os dois muito bonitos, príncipes da nação jeje. Quando chegaram na nossa nação, Omulu estava com as bexigas da varíola. Omulu acabou curado, mas seu corpo todo, inclusive o rosto, ficou muito marcado por cicatrizes feias, parecendo um pequeno monstro. Já Oxumarê, o outro filho, continuava bonito e, quando ia para a praça, usava uma roupa multicolorida, que seu pai lhe dera antes de deixarem seu velho país. E todos paravam para apreciar sua beleza.

Ifá, que se resfriara com a chuva, tossiu antes de prosseguir.

— A beleza de Oxumarê era um problema para Omulu, porque realçava sua feiura, um contraste gritante. Por ter lidado com tantos remédios para sua doença, tendo aprendido várias fórmulas mágicas com Ossaim, até hoje convidado para suas festas, Omulu se estabeleceu como médico e se transformou em um famoso curador. Oxumarê, por sua vez, arranjou um emprego de aguadeiro, cabendo-lhe abrir e fechar as torneiras da chuva.

Ifá interrompeu a narrativa, pensativo. Aimó o chamou de volta:

— Mas acho que a história não acaba aqui.

— É verdade. Apesar de médico concorrido, Obaluaê, ou Omulu, dá no mesmo, era injustamente ridicularizado por sua aparência. Por causa disso, Nanã mandou fazer uma roupa de palha que cobria a cabeça e o corpo do filho, e nunca mais ele foi incomodado. Há quem diga que Omulu foi dado em adoção a Iemanjá porque Nanã não queria que seu filho fosse criado como um estrangeiro. Acho que já lhe contei essa história, omó mi, ou pelo menos parte dela.

— Mas não contou a história em que Iansã soprou para longe as palhas de Omulu durante uma festa, e suas cicatrizes se transformaram em pipocas que saltaram do corpo dele e forraram o chão do lugar, como um jardim de flores brancas, deixando um belo príncipe negro nu e envergonhado no meio de toda aquela brancura — disse Exu, achando graça.

— É, mas essa vai ficar para uma outra vez — disse Ifá.

— E Oxumarê? — insistiu Aimó.

— Juntava gente à porta da casa de Nanã para apreciar a beleza do rapaz quando ele entrava e saía para trabalhar. Até brigavam na disputa por um bom lugar. Nanã achou que todos tinham o direito de admirar a beleza de seu filho e colocou Oxumarê no firmamento, onde se pode vê-lo em dia de chuva com seu traje multicolorido, abrindo e fechando as torneiras. O arco-íris, que é a tradução do nome dele no lugar onde você foi escrava, também pode ser visto aqui embaixo, não tão bonito nem tão desejado quanto nos momentos em que é visto lá no alto. Oxumarê também toma a forma de serpente!

— Morro de medo de cobra — disse a menina, se arrepiando toda. — Mas como foi que ele se encantou em uma serpente?

— Um dia, Xangô viu Oxumarê passar e ficou extasiado com sua beleza, incapaz de distinguir se era homem ou mulher, e mandou raptar o moço. Ele foi levado ao palácio de Xangô e preso em uma cela. Nanã, sabendo do sequestro, correu à oficina de Ogum e lhe pediu uma espada para libertar o filho. Com medo de que as mulheres recuperassem o poder de mandar na sociedade, poder que um dia ele havia surrupiado de Iansã, Ogum negou-se a entregar-lhe a arma e ainda a destratou. Nanã não desistiu, consultou o babalaô, fez os sacrifícios recomendados e chamou Exu.

— Olha eu aí de novo — disse o mensageiro, fazendo cara de importante.

— Exu transportou Nanã invisível para a cela do filho e quando Xangô quis se aproveitar do rapaz, ela transformou

Oxumarê em uma cobra, uma criatura da terra, seu elemento. Assustado, Xangô abandonou seu intento e correu para fora, gritando ordens aos soldados para impedirem a fuga de Oxumarê. Mas Oxumarê rastejou por entre as pernas dos soldados apavorados de Xangô e escapou da prisão. Desde então provoca alegria e medo. Quando está no firmamento como o arco-íris, enche de prazer os olhos de quem o vê; quando está no chão, rastejando como as serpentes, amedronta até o mais corajoso dos mortais.

— A mãe salvou os dois filhos, história comovente — suspirou Aimó, com olhos molhados. Quem não ia querer ter Nanã como mãe?

— Mas o feinho bem que ela mandou para a casa de Iemanjá — criticou Exu.

— Mas foi para o bem dele — contestou Aimó, que se virou para Ifá e disse:

— Você não falou nada sobre Euá nem sobre os amores de Nanã.

— De Euá você sabe o suficiente. Para sabermos mais, teríamos que nos apropriar daquela sacolinha de segredos que ela carrega, o que até hoje ninguém conseguiu. Dos amores de Nanã em seu país de origem nada sabemos, nem mesmo quem foi o pai ou os pais de Omulu e Oxumarê. No entanto, sabemos que, já vivendo entre nós, ela teve um filho com Oxalufã, como é chamado Oxalá já velhinho, depois da Criação.

Talvez por ela ser estrangeira,
muitos sentiam medo de Nanã e poucos confiavam nela.
Para pagar a dívida assumida com Nanã,
Oxalá teve que inventar a morte.
E quem inventa a morte inventa os mortos.
E os mortos, as novas criaturas
que surgiram dos atos da criação praticados por Oxalá,
ficaram devedores de Nanã.
Sem ela, eles não existiriam.
Os mortos, ou melhor, seus espíritos,
que o povo teme sob o nome de eguns,
tornaram-se amigos e protetores de Nanã.

Muitos deles permaneciam de guarda nos pântanos habitados por ela.
O povo considerava isso um ultraje.
Por medo, ignorância ou preconceito, o que dá tudo no mesmo,
acusavam Nanã de induzir os eguns
a praticar o mal e a assombrar os viventes.
Ogum foi mandado ao pântano para expulsar os eguns.
Em represália ao ferreiro e guerreiro Ogum,
que ela julgava um rapaz desrespeitoso,
Nanã proibira o uso de armas de ferro em seu território,
tudo porque um dia Ogum
chamara Nanã de velha ignorante
e se recusara a se inclinar perante ela,
que era sua mais-velha e tinha essa prerrogativa.

Ifá foi interrompido por Exu, que tomou partido de Nanã:

— Um general do porte de Ogum deveria ser o primeiro a respeitar a hierarquia, mas nesse episódio agiu como um moleque. E quem no fim acabou se danando foi a criadagem de Nanã, proibida de usar tudo o que é feito de ferro, porque Nanã não quer nada que venha de Ogum em sua casa. Até as facas usadas para matar os bichos de comer e para cozinhar são feitas de bambu no ilê de Nanã. E se tem festa então, omobinrin, nada de agogô, só mesmo atabaque e xequerê. Mas toca o barco, meu velho, que eu não quis interromper.

Ifá continuou:

Ogum teve que deixar suas armas fora do pântano
e sem elas ele não pôde fazer nada.
Acabou rapidamente escorraçado pelos eguns.
O próximo a ser enviado foi Oxalufã, o velho Oxalá.
Ele concebera os eguns quando criara a morte,
então ele que se livrasse deles.
Nanã se encantou com a presença do velho Criador,
seu conhecido de tempos mais heroicos,
e fez de tudo para conquistar seu amor.
Mas Oxalufã se mantinha arredio.
Nada deveria distraí-lo e afastá-lo
dos objetivos que o trouxeram àquele charco.

O povo confiava em sua integridade
e ele não o decepcionaria por nada.

Para se aproximar dos eguns e ganhar a confiança deles,
Oxalufã se aproveitou que Nanã dormia e vestiu as roupas dela.
Assim se apresentou diante dos eguns, disfarçado de Nanã.
Mas os eguns não se deixaram enganar
e lhe deram de beber um preparado,
fingindo que agradavam Nanã com um refresco.
Oxalufã bebeu, caiu no sono e foi deixado nu,
deitado no leito de Nanã,
que dormia sem saber de nada.
Ao acordar, Nanã fez amor com Oxalufã
e quando, muito tempo depois, ele despertou,
Nanã lhe disse que esperava um filho dele.
Oxalufã entendeu que caíra numa armadilha
preparada pelos eguns para humilhá-lo.
Mais uma vez o fizeram dormir na hora mais imprópria!
Oxalufã ficou muito contrariado,
abandonou Nanã e foi viver com Iemanjá.
Depois de um tempo, nada de mal tendo acontecido,
Nanã foi deixada em paz,
recebendo as honras de um orixá nato,
e os eguns seguiram seu caminho,
levados ao Orum sob os cuidados de Iansã.

— Nanã gosta dos eguns e se sente protegida por eles. É a primeira vez que não me senti mal quando surgiram eguns como eu nessas histórias.

Exu, que chegava puxando uma cabra branca presa a uma cordinha amarrada no pescoço, fez um carinho na menina e disse:

— Se você não puder renascer no Aiê, já sabe onde se encostar. No pântano de Nanã você vai poder, pelo menos, colher lindas flores e ramos perfumados.

— Nanã, Omulu, Oxumarê, Euá — refletiu Aimó. — Sabedoria, saúde, beleza e magia são atributos dessa família. Eu ficaria muito feliz de fazer parte dela.

— Acredito — disse Exu.

— Exu, com tudo o que você faz — perguntou Aimó, mudando completamente de assunto —, como pode estar em todos os lugares ao mesmo tempo?

— Inclusive em todos os leitos, redes e esteiras onde um casal faz amor, e atrás das moitas e das portas onde um garotinho aprende sozinho as delícias do sexo — acrescentou Exu com orgulho.

— Quantos você é, afinal?

— Sou um e sou milhões, todos iguais e todos diferentes. Sou como você quer que eu seja, e os outros também. Está bom para você assim, omó mi?

— Gosto de você assim como é comigo, sempre o mesmo — disse Aimó.

— Eu sou como sou, e pronto — riu Exu.

— Vamos embora — disse Ifá. — A chuva se foi.

Ao caminhar para fora do ilê axé, Aimó notou ao longe o colorido arco-íris se exibindo no céu azul. A lama que cercava o templo secara, o chão agora era de terra dura. Nanã também já havia se retirado.

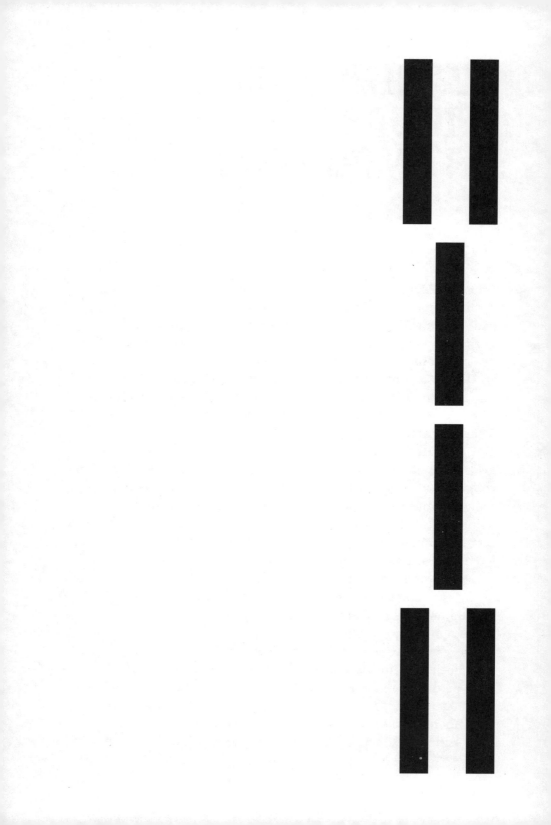

12. NINGUÉM É IGUAL O TEMPO TODO

Depois de deixar a região pantanosa, partiram na direção do poente. Aimó queria rever e saudar o ocum, o mar. Quem sabe não encontraria Iemanjá. Era grata pelo conserto de sua cabeça, que fez dela uma menina mais segura e corajosa. Sentia saudade daquela mãe.

Do alto de um promontório, Aimó ficou deslumbrada com a vista da grande água, que se estendia até onde os dois azuis, o do mar e o do céu, se encontravam, parecendo que o mundo terminava ali.

Desceram à praia e foram recebidos com desconfiança pelos aldeões de uma vilazinha de pescadores. Ifá se apresentou como um adivinho que caminhava para o norte com seus dois amigos e mostrou a eles seu opelê, seus búzios sagrados e seu tabuleiro de marcar os odus que saíam no jogo. Não só foram saudados com efusão como logo se formou uma fila de consulentes interessados na leitura de seu destino, que somente Ifá podia lhes proporcionar.

Os moradores ofereceram comida e bebida aos viajantes e contaram que os habitantes daquela região estavam em permanente vigília, o que explicava a má recepção a eles. O motivo não podia ser pior: caçadores de gente andavam por perto, assaltavam aldeias, se emboscavam nos caminhos, e muitos dali já haviam perdido parentes e amigos para os traficantes de escravos.

Naquela noite, dormiram na aldeia porque não era seguro caminhar na escuridão. Na verdade, só Aimó dormiu a noite toda. Exu mal esquentou sua esteira, num tal de ir e vir que só

podia demonstrar que o mundo estava andando depressa, muitas mudanças em curso. Ifá passou quase toda a noite atendendo consulentes, em sua maioria preocupados em ter notícias de entes queridos roubados pelo tráfico de escravos. Ao final de cada jogo de adivinhação, Exu aparecia para ajudar Ifá nos ebós recomendados pelo oráculo, propiciando os orixás para que eles atenuassem o padecimento dos que foram raptados e levados embora e a dor dos que ficaram chorando sua perda.

Partiram de manhã para o norte seguindo a costa e chegaram a uma enseada estreita onde um navio ancorado ao largo da praia esperava sua carga, levada até ele em botes carregados de homens, mulheres e crianças acorrentados. Na praia, homens armados controlavam outros grupos de humanos capturados à espera do transporte.

Do alto da colina em que se encontravam, a visão do navio era esplêndida, bela e inocente. Quem olhasse de longe não podia imaginar o fedor pestilento de excrementos, suor e sangue escorrido dos grilhões, empestando o ar impregnado de dor, morte e desespero, que corrompia os porões imundos onde os escravos eram dispostos lado a lado, deitados nus no chão, acorrentados uns aos outros, para a longa travessia de trinta, quarenta dias, que nem todos conseguiriam completar.

Aimó apontou para o navio de velas abertas e disse:

— Parece um pássaro multialado, pronto para voar.

— É um navio negreiro, como eles o chamam — disse Ifá. — Leva gente daqui para servir de escravo no outro lado do mar. Muitos dos parentes dos nossos novos amigos fazem parte dessa carga desventurada, destinada ao trabalho não recompensado em terra estranha e a uma vida no cativeiro marcada pela dor, mágoa e saudade de casa. Entre os que não completam a travessia, a maioria morre de banzo, a doença da tristeza.

Ifá abraçou a menina.

— Você foi levada em um desses, omobinrin — disse ele. — Fique feliz por não poder se lembrar. Mas vamos nos desviar da costa, há muitos perigos por aqui.

Tomaram uma trilha dentro do mato e seguiram por um tempo.

Não demorou e ouviram gritos, choros, barulho de chicote e,

quando estavam mais perto, o tilintar de correntes. Saíram da trilha e se esconderam atrás dos arbustos.

Um bando de caçadores de escravos passou por eles conduzindo suas presas, provavelmente para o embarque na enseada. Os caçados, homens, mulheres e crianças, seguiam com o pescoço atado por corrente a um pau comprido que eles mesmos levavam nos ombros, enfileirados um atrás do outro. Todos tinham que andar no mesmo ritmo para não atrapalhar o deslocamento do grupo, e os chicotes e gritos dos condutores mantinham ordenado o passo dos prisioneiros desse libambo. Quando o grupo passava por eles, uma jovem mulher grávida caiu e não pôde se reerguer, mesmo sob a insistência do açoite. O cadeado da corrente que a prendia ao libambo foi aberto, ela foi jogada à beira do caminho e varada muitas vezes pelas lanças dos caçadores até deixar de respirar. Com os homens lamentando a perda de uma peça valiosa, ainda mais prenha, o cortejo desgraçado prosseguiu e desapareceu na trilha adiante.

Ifá e seus acompanhantes saíram do esconderijo e tomaram um caminho em sentido oposto.

— Nunca imaginei nada tão monstruoso — disse Aimó, chorando.

— Você passou por isso — lamentou Ifá.

— Não consigo me lembrar.

— Ainda bem; se lembrasse não ia querer voltar para este mundo — disse Exu.

A dor de Aimó só começou a amainar quando ela se pôs a falar e falar e falar, provando as palavras como um bálsamo, ainda que amargo.

— Não me lembro de nada ruim que vivi nesta nação ou na outra que fica além do ocum. Só me lembro, vagamente, das coisas boas: as festas bonitas e alegres na praça do mercado lá na minha aldeia, as mulheres dançando com suas roupas maravilhosas, os homens tocando seus tambores, os corpos perfeitos, suados, os risos brancos e escancarados, que eu pensava que durariam para sempre. Eu sentada no chão, pequenina, aplaudindo, desejando crescer depressa para dançar também. Lembro do colo de minha mãe, que me fazia não sentir medo de nada. Lembro-me também, às vezes no sonho, de histórias que minha avó contava, talvez me preparando para o que estou experimentando agora.

— E do tempo que viveu do outro lado? — perguntou Ifá.

— Lembro de muito pouco, só lembranças boas também. Não me esqueço de como era bom raspar o fundo dos tachos, saborear a raspa bem devagar para durar mais, lamber na colher de pau os restos dos doces que saíam dos tachos fumegantes: marmelada, doce de coco, pé de moleque com rapadura. Ainda sinto o gosto dos roletes de cana-de-açúcar que escondia e levava à noite para minha esteira para adoçar o sono. São dessas coisas que minhas lembranças da vida são feitas.

— Você foi escrava lá, na casa onde raspava os tachos de doce. Antes foi amarrada no libambo e embarcada em um tumbeiro, esse navio que para o escravo é o mesmo que uma tumba, uma sepultura em vida. Foi vendida no mercado feito uma cabra, foi marcada a ferro quente, trabalhou sob a chibata sem nenhum ganho, apanhou demais. Tiraram de você sua família, sua religião e até seu nome. Você sofreu muito, omobinrin mi, e era apenas uma menina — disse Ifá.

— Na casa de Olorum você disse que eu era escrava, mas o que eu lembrava da escravidão? Nada. Só aqui fui aprendendo, pouco a pouco. — Aimó abraçou Ifá pela cintura e perguntou, entristecida: — Babá mi, por que só guardei as doces lembranças?

— No Orum os eguns só se lembram das coisas boas da vida que tiveram no Aiê — disse Exu. — A vida é odara, eles pensam, vocês pensam. As coisas ruins são apagadas. Existe melhor maneira de motivar um egum a desejar nascer de novo? Uma vida feita unicamente de felicidade? Quem desejaria nascer para uma vida de sofrimento?

— Você viu coisas ruins nessas nossas andanças, omó mi. Quer mudar de ideia, ficar para sempre no Orum? — perguntou Ifá.

— Não. Quero provar de novo as delícias de viver, quem não quer? Mesmo que tenha que enfrentar o que é ruim. Tudo o que eu desejo é ter minha mãe adotiva e nascer de novo. Quero nascer uma menina boa, só fazer o bem, amar e ser amada.

— Isso não existe, omobinrin! — falaram juntos Ifá e Exu.

E foi Ifá quem explicou:

— Você quer renascer e ser boa, ser somente boa. Mas ninguém é inteiramente bom ou inteiramente mau. O bem e o mal andam juntos, um ajuda o outro a existir. A mesma pessoa agora é uma coisa e depois é outra. Quando não é as duas coisas juntas, ao mesmo tempo!

— O meu chapéu tem dois lados, cada lado de uma cor — disse Exu. — Alguém me olha e jura que meu chapéu é preto, outro me vê do outro lado e jura que é vermelho. A cor depende de quem vê, do lado que vê. E basta eu me virar para tudo se confundir. Já houve disputa sobre a cor de meu chapéu que terminou em morte. O meu chapéu é uma representação simples do que um ser humano é: uma coisa e outra coisa.

— Mas há quem seja inteiramente preto e quem seja inteiramente branco, e assim continuam sendo sempre — insistiu Aimó, que já não raciocinava mais como uma criança.

— Mas isso é pura ilusão, menina — afirmou Exu, categórico.

Ifá buscou uma mediação:

— Talvez possamos enxergar melhor o mundo prestando atenção em certas histórias acontecidas mil vezes e mil vezes repetidas.

— Mas tem outra coisa que essa menina devia saber e não sabe — acrescentou Exu. — Se você nascer de novo, omó mi, não pode escolher se vai nascer negra, branca, amarela, se vai nascer em uma cidade ou na outra. Você vai nascer no Brasil porque nosso pai quis que fosse assim, porque ele está entusiasmado com essa nova nação, que ele finge não saber que existia.

Por um momento, Exu pensou que seria repreendido por Ifá por dizer essa última frase sobre o suposto fingimento de Olorum, mas, como Ifá não reagiu, ele retomou suas considerações.

— Não fosse nosso pai Olorum se intrometer, você nem nasceria, mas ele quer você vivendo de novo no Aiê. Lá, em algum lugar desse mundo novo, você pode renascer rica ou pobre, feia ou bonita, inteligente ou burra. E agora vem a melhor parte: você pode renascer não como a omobinrin, a menina, que você sempre diz que será de novo no Aiê. Você pode nascer um omocunrin, um menino, pode nascer homem, com um pênis enorme, deste tamanho! — disse, indicando um tamanho com as mãos e se contorcendo em gargalhadas.

— Renascer no corpo de um menino? Você só pode estar brincando — disse Aimó, totalmente incrédula.

— E o que é a vida senão uma brincadeira? — completou Exu. — Quem garante que em vidas passadas você já não foi um belo rapaz, hein, um omocunrin odara?

Aimó não disse mais nada, se trancou em si, pensativa, às vezes olhando de soslaio para Exu, sentindo que da vida, realmente, ela não sabia coisa alguma.

Ifá notou o desapontamento da menina e tentou animá-la.

— Você já sabe que em uma nova vida não vai se lembrar de nada que aconteceu antes do novo nascimento, omó mi. Vai nascer com uma nova cabeça, com um ori novinho em folha. Para você tudo será novo. Uma vida nova para ser vivida é um tesouro, um novo desafio.

Ela sorriu para ele, ensimesmada.

Depois de uma boa caminhada, chegaram a uma clareira onde resolveram acampar. O saco de oferendas estava bem provido, eles limparam o chão para estender suas esteiras e fizeram uma fogueira para espantar os mosquitos e as feras e se aquecerem do ar frio que a aproximação da noite vinha trazendo.

Mais tarde, depois do descanso e da comida, Ifá contou histórias antigas.

— Duas histórias diferentes, vividas em tempos diferentes, por duas mulheres diferentes, que talvez sejam uma e única mulher, a mesma Oxum com quem cruzamos muitas vezes neste caminho em busca de uma vida para a menina que diz se chamar Aimó — anunciou Ifá.

Havia uma moça que gostava de se gabar de ser humilde e modesta,
mas que de tudo era capaz para subir na vida.
O sucesso estava em seus sonhos,
em seu horizonte e na mira de suas ações.
O que essa moça chamada Oxum mais queria
era ficar rica e poderosa, ou pelo menos rica,
caso o poder nunca batesse à sua porta.
Ela sempre consultava um adivinho,
mas seus sonhos eram de tal amplitude
que ela nunca dispunha de recursos suficientes

para fazer os caros ebós propiciatórios
e assim alcançar seus objetivos.
Ela se ofereceu a Exu para ajudá-lo nas entregas,
pois assim, quem sabe, poderia aprender com ele
algo dos mecanismos da oferenda, das artes de agradar outrem,
e conseguir enfim realizar seus sonhos.
Foi encarregada de levar um ebó à casa de Oxalá,
o que significava que poderia
se encontrar pessoalmente com o Grande Orixá,
o mais venerado dos deuses,
que vivia recluso e afastado depois da Criação.
Na casa dele, poderia pedir-lhe o que quisesse
e ele certamente nada negaria a uma moça humilde
que só queria desfrutar um pouquinho de uma vida melhor.
Quem não podia alimentar essa ilusão?
Oxalá vivia recolhido, não recebia visitas,
não saía à rua, não gostava de se mostrar.
Oxum entregou a oferenda destinada a Oxalá,
mas, por mais que ela insistisse
e rogasse, não lhe foi permitido falar com ele
e muito menos entrar em sua casa.
A decepção de Oxum somente não foi maior
que sua incontida indignação.
Em vez de voltar para casa e se conformar,
ela se pôs no portão da casa de Oxalá e, em altos brados,
começou a falar mal do orixá.
Que Oxalá era um velho arrogante e pretensioso
que não ajudava ninguém.
Que era só ouvir o que o povo dizia à boca pequena
para saber que ele era vaidoso e mesquinho,
insensível, egoísta e egocêntrico,
e que achava que a única coisa que cada um devia fazer
era prosternar-se a seus pés e beijar suas mãos.
E para ter o que em troca?
Bênção, afeição, carinho?
Nada!
Ninguém recebia nada de Oxalá.
Alguém ali na rua tinha prova contrária?

Ela, sim, podia provar tudo que dizia.
Foi lá levar uma encomenda para Oxalá
e não tivera um mojubá, uma saudação.
Não recebera o mínimo ouô, um dinheirinho,
nem uma palavra de agradecimento,
um modupué, um obrigado.
Nada de nada.

A cidade inteira ouviu falar do que acontecia
e a cidade inteira foi para a frente da casa de Oxalá
só para ouvir o que dizia a moça destemperada.
As palavras de Oxum abalaram a cidade.
Ninguém escondia uma súbita desconfiança de Oxalá
e um definitivo desprezo por Oxum.
Por sua vez, Oxalá estava pasmo, imobilizado,
sem saber sequer o que pensar acerca de si mesmo.
Era a maior vergonha por que passava em sua vida.
Nem os castigos e tabus que o pai lhe impusera
quando ele cometeu erros na Criação do mundo
o deixaram tão mal, com a autoestima aniquilada.
Nem fugir podia,
com Oxum ali plantada no portão a dizer impropérios.

Seu irmão babalaô veio em seu socorro e aconselhou Oxalá
a dar a Oxum tudo o que ela quisesse e mais ainda,
antes que ela o desmoralizasse por completo.
Oxalá abriu as portas da casa para Oxum
e lhe concedeu a riqueza que ela reivindicava.
Oxalá acumulava tesouros recebidos em oferenda
desde os tempos da Criação.
Dizendo que não gostava de metais coloridos,
Oxalá guardou para si as peças de prata,
estanho e chumbo, e deu para Oxum tudo que era de ouro,
uma fortuna incalculável em barras, moedas, joias e coroas.
Muito ouro e muitas pedras preciosas
que se engastavam nas peças douradas.
Oxum mandou que viessem os carregadores
para levar tudo para sua casa no rio.

Saiu à rua dizendo que viera ajudar Oxalá
a se livrar dos metais de que ele não gostava
e que já não tinha onde guardar e esconder de sua própria vista.
Como era do conhecimento de todos,
ele só se comprazia, por modéstia, com as oferendas sem sabor,
sem aroma e sem cor.
O que também se aplicava aos metais.
Alguém já viu Oxalá caminhar apoiado em um opaxorô de ouro,
em um cajado dourado?
Nunca.

Aimó, Exu e Ifá conseguiram chegar ao local onde a história acontecia a tempo de assistir a seu desfecho, misturando-se ao povo que lotava a rua. Aimó quis ver bem de perto e arrastou os dois até conseguirem um lugar próximo do portão, de onde viram Oxalá sair de casa.

Oxalá foi até o portão, apoiado em seu opaxorô de prata,
para despedir-se da moça que o livrava daquela tralha toda.
Decerto fora aconselhado pelo babalaô a se mostrar à multidão
que se juntava na rua,
acenando com bênçãos e votos de axé.
Oxum não perdeu a oportunidade de se deitar aos pés do velho orixá
e pedir sua bênção com humildade.
"Mojubá, babá mi", ela disse.
"Ecabó, omó mi odara", respondeu Oxalá,
"bem-vinda, minha boa filha."
Emocionada com a rara presença de Oxalá,
a multidão que se juntara na rua gritava:
"Epa Babá! Epa, epa!
Viva Oxalá! Viva, viva!".
Oxalá retribuía com gestos de axé.
Depois que Oxalá se recolheu sob aplausos,
Oxum gastou horas para abençoar a todos os presentes
que no portão de Oxalá se deitavam a seus pés
para beijar suas mãos e pedir a bênção à mãe do ouro,
para saudar a senhora da riqueza,
desejosos de compartilhar de seu axé.

Aimó entrou na fila dos cumprimentos, de onde foi arrastada por Exu.

— Só vou saudar minha mãe! — ela insistiu, tentando se desvencilhar.

— Que mãe que nada! Você ainda não tem mãe, que saco! — disse Exu, bravo.

Foi mantida longe, apenas observando em silêncio, até a multidão se dispersar e Oxum partir, seguida por seus carregadores, curvados sob o peso dos tesouros conquistados. Aimó, que recuperara a calma, perguntou a Ifá:

— Foi uma reviravolta incidental ou tudo não passou de um plano de Oxum para ficar rica e ao mesmo tempo prestigiada ou, ainda, um plano de Oxalá para reacender a devoção do povo?

— Lá vem ela com suas questões irrespondíveis — disse Exu, guardando no bolso uma grossa pulseira de ouro com o formato de um camaleão com olhos de rubi, que os carregadores de Oxum haviam deixado cair sem se dar conta. — Aquela menininha inocente que saiu conosco da casa de Olorum está muito cheia das ideias para o meu gosto. O que a convenceu mais, o começo ou o fim da história?

Aimó deu de ombros e guardou no saco de oferendas um anel de prata enfeitado com um caracol também de prata, que ela viu cair de um dedo de Oxalá quando ele se retirava. Seu primeiro impulso foi pegar o anel e o devolver ao Grande Orixá, que não percebeu a perda, mas como vivia sendo alertada para não se meter nas histórias, recolheu a joia do chão e a guardou no saco de oferendas. Depois Exu daria um jeito, imaginou. Ao mexer na matalotagem, tirou um acaçá para cada um de seus dois acompanhantes.

— Modupué, omó mi — Exu agradeceu e disse: — Ponha dois obis no portão, um para Oxalá e um para Oxum. Pagamento por nos deixarem ouvir e ver sua história.

Ifá disse à menina:

— Impressões que se têm sobre um comportamento podem mudar de um momento para o outro, dependendo do que acontece pelo meio. Vamos esperar Exu debaixo daquele iroco. Encomendei a ele outra história que quero lhe contar. Acho que a esqueci em algum jogo que andei fazendo, ou guardei no odu errado, mas Exu vai encontrá-la.

Sob a árvore, Ifá pediu à menina que fizesse um bom despacho, uma boa oferenda para Iroco, o orixá da árvore, e ela a depositou entre as grandes raízes aéreas da planta.

— Enquanto Exu não chega... — Ifá começou a dizer.

— Já cheguei, chefia. Pode contar sua história. E cadê minha parte da comida de Iroco? — foi perguntando à menina, que lhe estendeu acarajés, ecurus e aguardente.

Pediram agô a Iroco e se sentaram em suas raízes para mais uma história.

Nos primeiros tempos da existência,
os orixás se rebelaram contra Olorum.
Olorum vivia distante de tudo, praticamente inalcançável,
surdo aos clamores dos filhos,
que tinham de solucionar problemas da natureza
e dos humanos e precisavam de orientação e axé do pai.
Nem Exu conseguia obter respostas de Olorum,
que sempre mandava dizer que estava dormindo
e não queria ser perturbado.
Os orixás decidiram não obedecer mais ao pai,
usar todos os poderes dele
e dividir entre si todo o axé que movia o mundo.
Quando a notícia da rebelião chegou aos ouvidos de Olorum,
sua reação foi imediata e simples:
retirou a chuva da Terra e a prendeu no Orum.
A seca não tardou, os rios evaporaram,
a vegetação raleou e os animais começaram a morrer.
Veio a sede e, em sua companhia, a fome.
Atrás da fome chegou a morte.
Sem água, o mundo definhava,
a humanidade já nem enterrava seus mortos,
sem forças sequer para cavar suas covas.
As preces dirigidas aos orixás
ficaram presas nas gargantas ressequidas
e os altares foram abandonados
por absoluta falta do que oferecer ali.
Sem água, sem folhas, sem sacrifícios,
o padecimento da humanidade se transformou

em padecimento dos deuses.
Ossaim gritava em desespero:
"Côssi euê côssi orixá",
"Sem folhas, sem orixás",
mas suas palavras foram silenciadas
por falta de força para pronunciá-las.

— Até me deu sede — disse Aimó.
— Em mim deu sede e fome — disse Exu.
— Sirvam-se e se calem, por favor — repreendeu Ifá.

Os orixás se arrependeram
e trataram de pedir desculpas a Olorum
para que tudo voltasse ao que era antes.
Mas como mandar sua mensagem de rendição?
Olorum estava muito longe deles, impossível chegar lá.
Tentaram, mesmo assim.
As raras aves que sobreviviam
foram uma a uma enviadas à casa de Olorum.
Cada uma voou até o total esgotamento
sem nunca ter chegado sequer perto do destino.
As últimas esperanças morriam agora,
o fim do mundo era inevitável.
Era hora de morrer,
hora de encontrar um modo honroso de morrer.

Então Oxum se ofereceu para ir falar com o pai.
E ao dizer isso transformou-se em um pavão,
a mais bela mulher no corpo da mais bela ave.
Fazia sentido, uma bela transformação.
Mas não era hora de se comprazer com a beleza.
Uma gargalhada de desespero chacoalhou o mundo.
Como aquela frágil criatura se dispunha
a uma missão impossível de levar a termo?
Era essa a maneira honrosa de morrer
pretendida por Oxum?
Oxum não se intimidou e ganhou os céus.
Voou cada vez mais alto, mais alto,

até seus irmãos a perderem de vista
e voltarem a planejar a morte honrosa.
Quanto mais voava, mais fraco se sentia o pavão,
mas em nenhum momento desistiu.
No voo, suas penas coloridas enegreceram
pelo contato com a luz intensa,
o bico foi entortado pela fricção com o ar,
a cabeça perdeu as penugens, o corpo foi deformado.
E Oxum continuava a voar, a voar, as juntas entrevadas,
os movimentos fraquejando.
Havia ultrapassado o frio da Lua, que endurecera suas asas,
e ultrapassado o calor do Sol, que queimara sua plumagem,
e foi morrer nas mãos de Olorum,
que a recolheu na queda de seu voo interrompido.
Olorum teve pena do pássaro arruinado
e soprou vida naquele corpo inerte.
Oxum estava viva, o pavão vencera a morte,
o que restara dele.

> — Pare de chorar, omobinrin, se não Olorum não vai querer
> continuar na história — gozou Exu.
> — Agô, Exu, mojubá — se desculpou Aimó.

Olorum não podia imaginar que aquela ave feia,
careca, de penas queimadas e bico deformado,
fosse o pavão que a mensagem de Exu havia anunciado.
Mas tratou dela com carinho, deu-lhe água e comida.
Olorum quis saber a razão daquela jornada suicida.
Oxum então contou ao pai o que acontecia no Aiê.
Por que ela, sua filha mais bonita, tão frágil, tão sensível,
se arriscara em tão perigosa empreitada?
Oxum respondeu que o fizera pelos orixás, seus irmãos,
e pelos filhos humanos de todos os orixás,
que eram todos eles, orixás e humanos, filhos de Olorum.
Ela vinha buscar para todos o perdão do pai.
Olorum, comovido, entregou a chuva a Oxum
para que ela a devolvesse à Terra.
Na longa jornada de volta,

a ave teve que se alimentar de carnes mortas
que encontrava largadas no trajeto.
Quando chegou, ninguém soube dizer o que era aquilo;
era outro pássaro, até então desconhecido, e não o pavão que partira,
sua última esperança.
Quando o novo e feio pássaro,
que o povo quase morto chamou de urubu,
devolveu a chuva à Terra,
todos entenderam que a feia ave era Oxum.
O pássaro que se alimenta da morte trouxe de volta ao Aiê a água,
a comida e a vontade de viver,
livrou a humanidade de morrer.
Promoveu a reconciliação do pai com seus filhos rebeldes.
Os orixás e seus filhos humanos, desde então,
sabem que Oxum é sempre bela,
independentemente do que os olhos possam ver.

— Vamos fazer uma homenagem a minha mãe Oxum? — sugeriu a menina. — Vamos deixar essa história sem comentários e apenas nos alegrar com ela.

Exu apontou para um urubu que voava ao largo, abriu a matalotagem, tirou uma cabaça de mel e ofereceu seu conteúdo ao pássaro. Não reservou para si nem um pingo do doce alimento.

— Para a ave, nossa irmãzinha — ele disse.

— Mojubá, babá mi — disse Aimó a Exu, beijando sua mão.

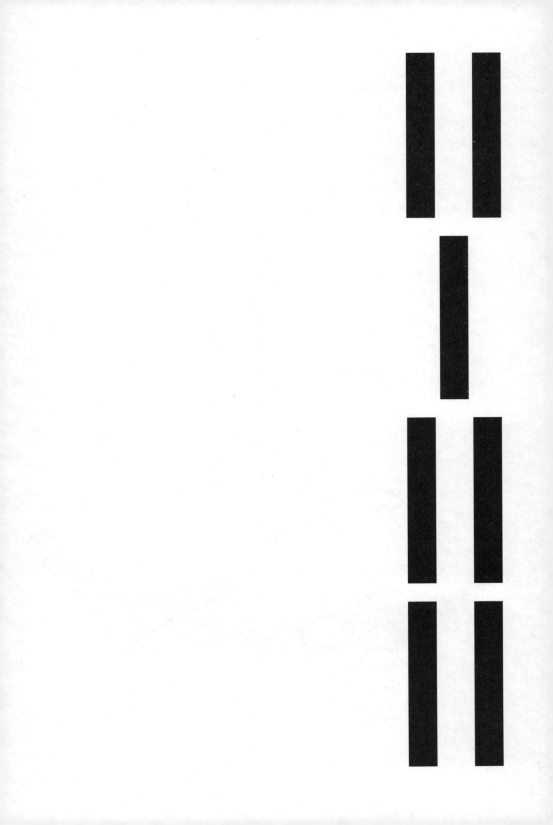

13. UMA FUGA PARA UM GRANDE RIO

Estavam em Abeocutá, cidade de Iemanjá, onde Ifá tinha que resolver por meio do oráculo alguns problemas de sucessão na chefia do templo local. Aimó o acompanhara alegre por conhecer a cidade de Iemanjá, que a tinha curado de um mau sonho.

Em sua casa, Iemanjá contou que andara com maus pressentimentos, consultara o babalaô e esse dissera que seu filho Oxóssi, que um dia teria de partir para assumir o trono da cidade de Queto, corria o risco de ser sequestrado. Ele deveria permanecer em casa até que a ameaça desaparecesse de seu odu, dissera o adivinho. Mas Oxóssi saiu para caçar assim mesmo e foi aprisionado por Ossaim, incomodado com o fato de ele reiteradamente invadir seus territórios sem lhe pedir licença e sem fazer as oferendas de praxe.

Aproveitando a estada de Ifá na cidade, Iemanjá lhe pediu que fizesse o jogo para saber se Oxóssi já podia voltar para casa. Ele jogou e pronunciou a palavra Alafiá, indicando que o resultado era favorável, bons presságios. Ogum, irmão mais velho de Oxóssi, armou-se e foi para a floresta, que ele conhecia muito bem. Antes de ser ferreiro, fora agricultor e, antes, caçador.

Oxóssi foi libertado por Ogum, mas Iemanjá não perdoou a desobediência do filho caçador e não quis recebê-lo em sua casa. Oxóssi, que preferia viver no mato, voltou a morar com Ossaim. Ogum brigou com a mãe por ela não ter recebido o irmão dele e foi morar na estrada.

Iemanjá consultou de novo Ifá e ele lhe disse que o fim de

toda mãe é este mesmo: ser abandonada pelos filhos. Nenhum ebó traria seus dois filhos de volta.

Partiram, deixando Iemanjá chorando.

— Aqui perto há um pequeno rio que desemboca no grande rio Ogum, cujo nome não deve ser confundido com o nome do ferreiro — disse Ifá a Aimó. — O rio menor, que se chama Iemanjá, está sendo formado neste momento, com as lágrimas derramadas por ela pelo abandono de Oxóssi e Ogum.

— Pensei que ela fosse do mar ou de um rio muito grande, e não de um rio pequenininho — disse a menina, decepcionada.

— E é. O rio Iemanjá forma o rio Ogum, que forma o mar. Todos são de Iemanjá, são seu corpo no Aiê, mas essa é uma outra história, que ainda está para acontecer, não sei quando. Quer ouvir?

— Quero ouvir tudo que fale de minha mãe, de iá mi odara, que também é a mãe dos peixes, não é isso que diz o nome dela? Mãe dos filhos peixes?

Ifá assentiu, sentou-se com a menina à beira do rio, os pés dos dois chapinhando a água refrescante, e falou da origem do rio Ogum e de como Iemanjá ganhou o mar.

**Iemanjá já era mãe de dez filhos
quando se mudou de Ilê-Ifé para Abeocutá.
Em Abeocutá conheceu Oquerê, rei de Xassi,
chamado de Oquê pelos mais íntimos.
O rei se encantou com Iemanjá e a quis para esposa.
Ela tivera dez filhos aos quais amamentara
e muitos outros adotivos,
que também alimentara com seu leite.
Por isso tinha seios demasiadamente volumosos.
Ela casaria com Oquê com uma condição:
jamais ele poderia fazer qualquer referência
aos seus seios enormes, nem por brincadeira.
Ele concordou, desde que ela não falasse
dos testículos de tamanho exagerado
que ele escondia sob os panos de sua roupa.
Concordaram com o casamento sob essas condições.
Além disso, dormiriam em quartos separados,**

e Iemanjá nunca entraria nos aposentos dele,
mantidos sempre fechados e inacessíveis.
Iemanjá não podia entrar lá nem para limpar.
Eram os tabus que legitimariam aquela relação.

Antes do casamento, Iemanjá foi ao mar,
que era a casa de sua mãe Olocum.
Foi à casa de Olocum e pediu sua bênção.
A senhora do ocum, o oceano, a abençoou
e lhe deu de presente uma cabaça
que continha um preparado mágico.
Se o casamento desandasse, que ela usasse
o conteúdo da cabaça e tudo terminaria bem.
Enfim, casaram-se Oquê e Iemanjá
e foram viver no reino dele.
Foram felizes por certo tempo,
e os tabus devidamente respeitados.

Um dia, Oquê voltou para casa bêbado,
vomitou no chão, gritou com Iemanjá
e chutou os gatos e cachorros que ela amava.
Iemanjá não gostou nada e o repreendeu.
Ele disse que era o rei e que o rei fazia o que queria.
Iemanjá o chamou de rei bêbado,
um rei que se embriagava, era isso que ele era.
Oquê se enfureceu e bateu nela.
Iemanjá foi tomada de revolta,
jamais um homem se atrevera a tanto.
Correu ao quarto de Oquê, abriu a porta,
escancarou a janela e revirou todas as tralhas
que encontrou nos aposentos do marido.
Furioso, Oquê xingou a esposa de todos os nomes,
gritou que ela não era responsável,
não tinha compostura para ser rainha
e que quando saía à rua todos riam
dos seus seios de tamanho degradante.
"Meus seios são minha honra
e minha alegria, fontes de vida,

nutridores de meus filhos", ela disse.
Ele deu risada:
"Mas são imensos, são horríveis".
"Horríveis, meu caro esposo", ela retrucou,
"são as partes que você carrega entre as pernas.
Tão descomunais que para as esconder
nem banho de rio nu com os companheiros
meu rei tem coragem de tomar."
Pronto, todos os euós estavam quebrados,
não havia reconciliação possível.

— Sempre tem tabus nessas histórias — comentou Aimó.
— Que servem para ser desrespeitados e mudar o rumo das coisas — completou Exu, mordendo um naco de rapadura.
Ifá fez que não ouviu.

Iemanjá arrumou sua trouxa,
amarrou na cintura a cabaça que a mãe lhe dera
e saiu de casa, correndo, alucinada, para nunca mais voltar.
Fugia para a casa de sua mãe.
Oquê ainda se sentia muito ofendido e queria castigar a mulher
como achava que ela merecia.
Pegou seu chicote e saiu em sua perseguição.
Na fuga, Iemanjá tropeçou e caiu, e na queda a cabaça se partiu.
Da cabaça quebrada saiu um fio de água
que se avolumou até virar um grande rio,
que foi levando Iemanjá na direção do mar,
para o ocum, para a sua mãe, para Olocum.

Naquele tempo a Terra era plana
e o rio corria livremente pelos campos.
Mas, no desejo de impedir a fuga de Iemanjá,
Oquê transformou-se em uma montanha,
e a montanha interceptou o rio,
impedindo-o de chegar até o mar.
Iemanjá teve sua passagem obstruída.
Sem se entregar, gritou por seu filho Xangô,
e Xangô acudiu a mãe com raios e trovões.

Pelos raios, a montanha foi partida ao meio,
Oquê, o monte, foi cortado em dois,
abrindo-se entre as metades um desfiladeiro
pelo qual passou Iemanjá numa correnteza.
Logo adiante o rio se acalmou, alcançou o mar
e se entregou aos cuidados de Olocum.
Xangô, depois de ter salvado sua mãe,
ainda castigou a montanha muitas vezes,
fazendo dela muitos pedaços
que se espalharam por toda a Terra,
formando as serras, as cadeias e as cordilheiras.
Oquê perdeu a esposa,
mas ganhou o poder sobre todas as elevações da Terra,
colinas, morros, serras, montes e montanhas.
Nos desfiladeiros rochosos cortados pelos rios
ainda é possível enxergar, de Oquê, o rei, seus genitais,
redondos e enormes.
O casamento desfeito de Iemanjá e Oquê
mudou completamente a superfície do Aiê.
O rio desde então corre para o mar,
tão caudaloso como os seios de Iemanjá,
que com o próprio mar se confundiu.
Olocum recebeu Iemanjá com muito gosto
e depois se refugiou nas profundezas do oceano,
deixando por conta de Iemanjá
cuidar dos mares que banham as terras,
onde os homens pescam,
onde os rios se escondem.

— Agora entendo melhor a relação entre o rio e o mar, a água e a mãe, e sei que minha vida um dia pode, quem sabe, no meu renascer, correr entre as montanhas — Aimó disse e em seguida acrescentou: — Você falou muitas vezes sobre os filhos de Iemanjá, mas nunca contou nada sobre como eles nasceram.

— Há muitas histórias — disse Ifá.

— Conte a do incesto — sugeriu Exu, mastigando tranquilamente pimentas ardidas que o faziam derramar lágrimas de puro prazer.

— Incesto, o que seria? — perguntou a menina, curiosa.
— É o maior tabu da humanidade, você já vai entender.
— Ele também foi quebrado? — quis saber Aimó.
— Ouça a história.

> Iemanjá vivia em uma pequena família.
> Os orixás ainda eram em número reduzido.
> Ela casou-se com Aganju, senhor dos vulcões,
> e deles nasceu Orungã, de quem pouco se fala,
> a ponto de haver quem diga que nunca existiu
> e que esta história não passa de invenção.
> Bem, um dia Aganju estava longe de casa,
> o que não raro acontecia.
> E enquanto algum vulcão vomitava fogo
> na boca da montanha,
> Orungã raptou e violou Iemanjá, sua mãe,
> em um ato de amor monstruoso e proibido.
> Aconteceu o infame incesto
> e esse acontecimento mudou o mundo.

Exu deu as caras, piscou para a menina e lhe disse:
— Entendeu?

> Com medo de sofrer abuso novamente,
> Iemanjá partiu correndo em desespero.
> Orungã, por amar a mãe e não querer perdê-la, foi atrás.
> Quando estava a ponto de alcançá-la,
> Iemanjá caiu desfalecida.
> Seu corpo então tomou outra forma,
> e cada parte dela deu origem
> a montes, montanhas, vales e lagoas.
> Os seios cresceram e deles brotaram dois rios,
> que adiante se encontraram e formaram o mar.
> A barriga de Iemanjá se avolumou dia após dia e
> em nove meses se rompeu.
> Da barriga de Iemanjá nasceram os orixás,
> que são muitos,
> dos quais falam as histórias que os adivinhos contam,

**histórias que se repetem a cada dia
na vida dos mortais que habitam o Aiê.
Histórias que falam de Oxóssi e Ogum,
de Iansã, Obá e Oxum,
de Xangô, Ocô, Oquê, Ossaim
e de tantos outros orixás nascidos
do ventre violado de Iemanjá.
Histórias que falam do menino Exu,
o filho que Iemanjá pariu por último,
e que por isso nasceu com o direito
de ser sempre o primeiro a comer.**

— Eu como primeiro que os outros para ter forças para fazer meu trabalho — contestou Exu. — Porque sem meu trabalho ninguém come, e nada vai para a frente. Nem para trás. O resto é conversa fiada.

Ifá apenas riu. Ele tão somente contava as histórias que o próprio Exu era encarregado de colher em suas andanças pelo mundo dos homens, pelo mundo dos deuses e entre um mundo e outro. Um contador de histórias era só o que ele era.

— Não existe mãe mais mãe que Iemanjá — constatou a menina —, qualquer que seja a história que se conte ou aconteça.

— Sobre isso não posso dizer nada. O que nos interessa — disse Ifá a Aimó —, é que você tem de escolher uma só mãe para você, aquela de quem mais gostou, com quem vai se parecer quando nascer de novo. A quem vai cultuar no Aiê.

— Posso perguntar uma coisa, babá mi? — disse Aimó. — Sempre quero perguntar isso, mas tenho vergonha. Acho que é uma coisa que eu deveria saber e não sei.

— Isso é o que mais tem no mundo, omobinrin — se meteu Exu. — O que se devia saber e não se sabe. Chama-se ignorância!

— Deixe a menina falar, Exu — irritou-se Ifá. — Fale, omó mi.

A menina perguntou:

— Por que para nascer todo mundo precisa ter um orixá?

— Para ter com quem se parecer, omó mi. Se não se parecer com um orixá, vai se parecer com o quê? Com um bicho? — explicou Ifá sem revelar inteiramente a verdade.

Exu piscou para Ifá e perguntou para Aimó:

— Que bicho você queria ser? Ia ficar bem bonitinha pulando no Aiê feito uma pererreca!

Aimó ignorou a brincadeira e continuou a conversa sobre suas dúvidas. Disse a Ifá:

— Ainda não entendo onde acontece o que vemos e onde aconteceu o que você conta para a gente. Será no Aiê, será no Orum? Para dizer a verdade, nunca sei onde estou, nem onde estão os orixás que vivem as histórias que você conta. Já cheguei a pensar que o Aiê e o Orum não passam da mesma coisa.

— Era tudo junto mesmo, mas um dia Oxalá pediu para separar o Orum do Aiê — contou Exu. — Mas eu não tive nada a ver com isso, não foi culpa minha.

14. OS DEUSES QUEREM É DANÇAR

Os três estavam na cidade de Ilê-Ifé, que os iorubás consideram o umbigo do mundo, a mais sagrada cidade desses povos, também chamados nagôs e lucumis. Cidade considerada santa também pelos humanos que se consideram descendentes dos antigos iorubás, consanguíneos ou por livre escolha, espalhados pelos quatro cantos do Aiê. Independentemente de origem, raça, etnia, cor ou o que mais se usar na tentativa de classificar os homens e as mulheres em busca de semelhanças e diferenças.

Ifá conduziu Aimó pelas ruas da cidade, mostrando lugares onde velhas histórias haviam acontecido. Estavam se preparando para a última viagem juntos. Ifá tomou a palavra.

— Está chegando a hora de tomar sua decisão, omó mi. Você já sabe tudo o que precisava saber sobre as aiabás: Oxum, Nanã, Euá, Iansã, Obá e Iemanjá. Vai escolher uma para ser sua mãe no Orum e ter o direito concedido por Olorum de renascer no Aiê. A missão atribuída a Exu e a mim chegou ao fim, agora é com você.

O mundo estava acinzentado, silencioso e opaco. E Aimó percebeu que estavam no Orum, sentados à porta do palácio de Olorum.

— Enquanto os demais orixás não chegam para ouvir sua decisão, omobinrin mi — disse Ifá —, vou contar o que aconteceu quando o Aiê e o Orum foram separados um do outro. Talvez ajude você a se decidir definitivamente sobre o melhor lugar para se viver.

No começo, o Orum e o Aiê ficavam juntos.
No Orum moravam os orixás,
no Aiê, os humanos viventes.
Homens e orixás estavam sempre em contato,
compartilhando vidas e aventuras.
Não havia uma fronteira entre os dois mundos.
Os orixás ajudavam seus filhos humanos a resolverem dificuldades
e os humanos alimentavam e divertiam seus pais e mães orixás.
Mas os seres humanos não souberam preservar
o mundo comum, sem fronteiras.
Por onde passavam deixavam lixo acumulado,
borravam as paredes dos ilês, sujavam tudo.
Contaminavam as águas com venenos
e esgotavam o solo por cobiça e ignorância.
Arrasavam as florestas e deixavam desertos em seu lugar.
Nem o ar que respiravam escapou da corrupção e da sujeira.
Enfim, ambos os mundos se transformaram
em uma imensa imundície, um verdadeiro lixão.

Oxalá, o orixá do pano branco,
por isso também chamado Obatalá,
que somente suporta viver em meio imaculado,
não tinha mais onde morar
e foi se queixar a Olorum.
Olorum entendeu as reclamações de Oxalá
e separou para sempre o Orum do Aiê,
separou para sempre o Céu da Terra.
Nenhum humano poderia mais frequentar o Orum,
a não ser quando morresse, e por pouco tempo.
E os orixás não podiam vir à Terra
e voltar como e quando quisessem.
Humanos e orixás viviam agora em mundos apartados.

Porém, separados dos humanos e do Aiê,
os deuses perderam a alegria,
ficaram macambúzios, tristes, com saudades.
Porque somente os humanos sabiam cozinhar,
fazer música, fazer festas.

E os orixás estavam privados disso tudo.
Foram queixar-se a Olorum,
queriam o Aiê de volta.
Olorum disse que o que estava feito estava feito.
Agora o Aiê era um mundo material
e o Orum, um mundo espiritual.
Dois mundos diferentes e separados.
Mas, para atenuar a falta que os orixás sentiam do Aiê,
Olorum concordou que os orixás poderiam voltar à Terra
de vez em quando, mas usando o corpo dos humanos.
Os orixás precisariam de um corpo material para comer,
dançar e se divertir com os humanos no Aiê.
Essa era a nova lei.

Oxum, que antes vinha à Terra brincar com as mulheres,
dividindo com elas sua formosura e vaidade,
ensinando-lhes feitiços de sedução e conquista,
foi encarregada por Olorum
de preparar os mortais para que os orixás
pudessem se manifestar em seus corpos
nos dias em que o Orum vinha em visita ao Aiê.
Depois de fazer oferendas a Exu
para que sua missão tivesse sucesso,
Oxum veio ao Aiê e juntou as mulheres a sua volta.
Banhou-as com ervas preciosas,
raspou suas cabeças, que enfeitou com pintinhas brancas,
como as penas da galinha-d'angola,
para que todos se lembrassem do branco de Oxalá.
Vestiu-as com belíssimos axós e fartos laços,
enfeitou-as com joias e coroas.
Na testa delas, Oxum amarrou uma pena ecodidé,
pena rara e misteriosa do papagaio-da-costa,
único vermelho tolerado por Obatalá.
Nas mãos as fez levar abebés, idás, cetros e ofás,
e nos pulsos, dúzias de metálicos indés.
Oxum cobriu o colo das mulheres com muitas voltas
de contas coloridas e fieiras de búzios,
com peças de cerâmica e coral.

Sabendo a que orixá pertence cada ser humano,
Oxum pôs no alto da cabeça das sacerdotisas
um símbolo de sua pertença:
um pequeno cone feito de obi mascado,
com ervas sagradas, manteiga vegetal
e os condimentos que são do gosto de cada orixá.
Cada orixá tinha agora sua matéria no Aiê,
um corpo limpo e bem tratado para se manifestar,
uma cabeça temperada em que se revelar,
uma sacerdotisa para se deleitar na dança.
Finalmente as mulheres estavam prontas,
estavam feitas e estavam odaras.
Foram chamadas de iaôs,
como igualmente são chamadas as esposas jovens.
Eram as esposas mais bonitas
que a vaidade de Oxum conseguia imaginar.
Estavam prontas para os deuses.

Desde então, em dia de festa,
os humanos fazem oferendas aos orixás,
convidando-os à Terra, nos corpos das iaôs.
Então, os homens tocam os atabaques,
vibram os batás, agogôs e xequerês.
As equedes soam os adjás, chamando os orixás à dança.
Enquanto os humanos cantam e dão vivas,
os orixás se apresentam no corpo das iaôs.
As equedes os vestem com seus axós,
os adornam com suas coroas e insígnias,
e eles dançam e dançam e dançam.
Os orixás podem de novo conviver com os mortais.
Os orixás e os humanos se congratulam felizes.
Nesses momentos de alegria e veneração,
homens e mulheres e seus pais e mães orixás
comemoram a reunião do Orum com o Aiê.
Enquanto dura o toque dos tambores,
o mundo dos orixás e o mundo dos humanos,
o Céu e a Terra,
tornam-se de novo um mundo só.

Ao final, nenhuma palavra foi dita, nenhuma reação exteriorizada.

Os orixás estavam chegando para a cerimônia da escolha. Exu e Ifá conduziram Aimó para dentro da casa de Olorum. A menina devia ser preparada, banhada, vestida e adornada para o momento da revelação.

15. A DIFÍCIL ESCOLHA

A festa na casa de Olorum estava animada, com boa comida e boa música trazidas do Brasil por Exu. Olorum preferira guardar seu repouso, mas enviara votos de sucesso. Os orixás vestiam seus melhores axós. Porque a festa era praticamente delas, as aiabás não podiam estar mais odaras.

Lá dentro, Aimó fora preparada para ser apresentada em grande estilo. A cabeça estava raspada, uma vez que não se nasce com cabelo, e estava enfeitada com pintas brancas. Usava adereços feitos de búzios e metais preciosos costurados com palha da costa, presentes enviados pelas aiabás, todas candidatas ao posto de mãe dela. Ela tinha o corpo envolto em um alvíssimo alá, amarrado abaixo da cintura, com os pequenos seios despontando cobertos por colares de miçangas de louça e peças de cerâmica e coral.

Aimó entrou no salão sob um pálio levado por Oxóssi, Ogum, Xangô e Omulu, enquanto os atabaques tocavam e os demais cantavam uma cantiga que anunciava a que se destinava aquela reunião:

> *Agô, agô l'oná*
> *Omobinrin iogbá ni ibi*
> *Agô, agô l'oná*
> *Soró awon orucó orixá.*
>
> *Com licença, deem passagem*
> *Eis que a menina vai chegar*
> *Com licença, abram caminho*
> *O nome do orixá ela vai revelar.*

No meio do salão, o pálio foi recolhido, a menina foi mantida de pé e todos os orixás se aproximaram em um círculo em torno dela.

Ifá avançou alguns passos para se pôr bem junto de Aimó, deu a mão para a menina beijar e disse:

— Você agora conhece bem nossas irmãs aiabás. Você conhece muito bem Iemanjá, Obá, Iansã, Oxum, Nanã e Euá. Você deve escolher uma delas para ser sua mãe no Orum, e só assim poderá ter uma nova vida no Aiê, como é seu desejo e como quer nosso pai Olorum.

Ifá girou para olhar de frente cada um de seus irmãos, voltou-se de novo para Aimó e perguntou:

— Qual delas vocês escolhe para ser sua mãe? Diga o nome de seu orixá, orucó orixá.

A menina continuava muda.

Ifá ordenou outra vez que ela desse o nome do orixá:

— Orucó orixá!

Depois de um breve momento de expectativa, as palavras de Aimó saíram tímidas de sua garganta:

— Não consigo, não consigo escolher somente uma entre elas.

— Como não? A escolha foi a razão de nossa longa viagem! — repreendeu-a Ifá.

— Sei disso, meu pai, mas eu não posso, simplesmente não posso — ela insistiu, o rosto molhado de lágrimas. — Eu peço agô, me perdoem, mas eu não consigo.

— Omó mi está dizendo que Ifá e eu falhamos em nossa missão? — questionou Exu sem esconder uma mistura de decepção e raiva.

— Não, nunca — disse Aimó. — Nossa viagem foi perfeita, mas aqui bem no fundo do meu peito sei que eu não sou ninguém, e que não tenho esse direito que vocês tão carinhosamente me atribuíram, o de escolher a minha própria mãe.

— É uma justificativa razoável para uma cabecinha oca — ponderou Xangô.

— Não posso escolher somente uma para ser minha mãe porque gostei de todas — disse Aimó. — Cada uma tem algo que eu queria ter. Gostei da coragem de Iansã, da sedução amorosa de Oxum, do desprendimento de Obá, da sabedoria de

Nanã, da discrição misteriosa de Euá, da dedicação aconchegante de Iemanjá. Elas têm muito mais que isso, mas pelo menos é isso o que eu queria ter de cada uma.

— Você está descrevendo a mulher perfeita, omobinrin mi — disse Oxumarê. — Mas isso no Aiê é coisa que não existe.

— Você precisa fazer sua escolha, omó mi — insistiu Ifá. — Me parece tão simples. Ou talvez você prefira ser escolhida? Mas nós já tentamos isso lá no começo, e não deu certo.

A menina começou a soluçar, e houve quem temesse uma nova inundação no Orum.

Um burburinho tomou conta do lugar. Ifá conseguiu impor silêncio e disse:

— Estamos diante de um impasse. Teremos que acordar Olorum para resolver a questão.

— Deixe nosso pai dormir — disse Xangô — e entreguemos o problema a Oxalá. Afinal, foi ele quem criou a humanidade, ele que encontre uma saída.

— Está bem — disse Oxalá, inteiramente de acordo com a proposta de Xangô. — Podem deixar que eu tenho a solução. A partir de agora, esta menina é minha filha.

Um ruído de espanto generalizado soou no ambiente. Oxalá continuou:

— Ela deveria ser adotada por uma aiabá, mas não conseguiu fazer sua escolha. Como tenho minha porção mulher, porque eu já existia antes de qualquer diferença, posso perfeitamente dar conta do encargo.

Oxalá percebeu um certo mal-estar na sala e o olhar de escárnio trocado entre Logum Edé e Oxumarê, e tentou outros argumentos:

— Bem, além do fato de o homem e a mulher serem criações minhas, eu sou o ar, e o ar pode preencher qualquer lacuna. E tem mais: quando se trata dos humanos, o que é torto, o que não tem jeito e o que não tem conserto sempre vem parar nas minhas mãos.

— Mas a cabeça dela eu consertei — disse Iemanjá.

— Sim, mas ela continuou sem família e sem orixá — argumentou Oxalá.

— É verdade — foi o veredito de Xangô. — Oxalá está certo.

— Coitadinha — lamentou Exu —, na condição de filha de Oxalá, não vai poder comer nada feito com azeite de dendê: acarajé, vatapá, caruru, moqueca de peixe, bobó de camarão... Hum, só de falar me deu fome.

Oxalá contrapôs:

— Terá esses tabus, sim, e muitos outros. Todos têm seus euós, suas interdições. Mas em compensação será uma pessoa brilhante, criativa, engenhosa, idealista, imaginativa, respeitada...

— ... lenta, teimosa, enjoada, convencida que só — foi adicionando Exu à lista de características dos filhos de Oxalá. — Sem falar que um filho de Oxalá nunca está contente. Se faz calor, reclama que está calor; se faz frio, reclama que está frio!

Oxóssi deu seu parecer:

— É melhor mesmo que fique com você, Oxalá, que é o responsável pela criação desses humanos complicados. Mas uma coisa ainda me intriga: por que nosso pai mandou a menina escolher uma mãe, e não um pai?

— Nosso pai coisa nenhuma, foi conluio de Ifá com Oxalá — denunciou Exu, mastigando um punhado de pimenta deixado em oferenda junto à porta do salão. — Todo mundo aqui viu qual foi o resultado.

— Cale-se, não confunda as coisas — ordenou Oxalá a Exu e prosseguiu: — A resposta é simples. Olorum assim ordenou porque somente as aiabás disputaram a adoção da menina aqui nesta mesma sala onde esta história começou, não foi?

— Eu me apresentei como pai — discordou Exu. — E não tem ninguém aqui mais macho do que eu.

— Sua missão era outra — justificou Ifá.

— Sempre acham um jeito de me excluir — choramingou Exu. — Mas quem faz tudo sou eu, sempre eu.

As aiabás, insatisfeitas com a solução dada por Oxalá, ameaçaram deixar o recinto, mas foram demovidas por Ifá, que as lembrou que aquela sessão só se realizava por vontade de Olorum. Se abandonassem a missão antes de ela ser completada, ele teria que acordar o pai e não se responsabilizaria pelo que pudesse acontecer.

Ifá se aproximou da menina e lhe falou bem alto, para que todos ouvissem:

— Agora que você tem um orixá, poderá renascer. Não pôde escolher, mas foi escolhida; no fim das contas, dá no mesmo. Você concorda, omobinrin mi?

Ela fez que sim, emocionada. Parou de chorar, aceitava a decisão.

Após curto momento de hesitação, os orixás aplaudiram e gritaram vivas.

As aiabás, conformadas com o desfecho, abraçaram a menina, desejando-lhe uma boa vida no Aiê e garantindo-lhe que iam se encontrar lá muitas vezes.

— Espero que você nasça menina, para que eu lhe ensine como conquistar os homens — disse Oxum.

— E se nascer menino, pode deixar que eu ensinarei você a dominar as mulheres — disse Ogum, que se aproximara de Oxum para provocar ciúmes em Xangô.

— É mesmo, Ogum? — disse Exu. — A menina viu você sair babando atrás de Oxum quando você abandonou a forja. Bela ideia do que seria dominar uma mulher!

— Ah, vocês só estão querendo confundir minha cabeça — disse Aimó, dando de ombros. — E foi ter com Oxalá, que lhe fazia um sinal para que se aproximasse.

Oxalá pediu a Ogum que pegasse seu obé mais afiado e disse:

— Muitas de nossas antigas cidades e aldeias mandam tatuar sua marca no corpo de seus filhos. Fazem isso na esperança de que aqueles que forem levados pelos caçadores de escravos e que um dia consigam voltar do outro lado do ocum sejam identificados pelos que ficaram, por meio da marca que carregam. As marcas dizem quem eles são, a que lugar e família pertencem, mesmo se tiverem seus nomes roubados, suas identidades apagadas. Assim, os retornados não correm o risco de nunca mais saber sua origem, como aconteceu com esta menina.

Ogum voltou trazendo um obé fari, uma navalha, e Oxalá completou seu propósito:

— Pensando nisso, agora que sou o pai da menina no Orum, peço para Ogum escarificar minha marca em seu corpo. Se houver alguma dúvida sobre a origem dela, alguém no Aiê um dia poderá reconhecer a marca da minha paternidade, desenhada no corpo que ela vai ganhar no novo nascimento.

E dirigindo-se à menina:

— Não vai doer nada, omó mi.

— Não tenho medo, meu pai. Só estou triste porque sei que para nascer de novo vou esquecer tudo que vi e aprendi aqui, nem de vocês eu vou me lembrar.

— Sim, minha menina, você esquecerá tudo pelo que passou aqui no Orum e lá no Aiê. Só então sua morte se completará. Para que você possa ter uma nova vida, renascer, para experimentar de novo a grande aventura de viver.

Aimó assentiu e Oxalá completou sua explicação:

— Viver, omó mi, é refazer sempre a busca permanente de nós mesmos, é decifrar de novo todos os segredos, redescobrir quem somos, é reinventar o mundo. É para isso, omó mi, que a vida serve: para viver.

— E para alimentar e divertir os orixás — disse Exu, procurando disfarçar a emoção com um sorriso forçado e tomando para si o saco de oferendas de que Aimó não mais precisaria.

A busca, enfim, terminara.

Naquele clima de despedida, Ogum se aproximou abraçado a Iemanjá. Trazia uma ternura no olhar que desmentia sua fama de rude e irascível e disse para Aimó:

— Onde quer que você nasça, não importa o tempo em que isso acontecer e quaisquer que sejam a aparência e o papel que você vai ter no Aiê em sua nova vida, estarei sempre lá, omó mi, para abrir seus caminhos.

— Axé, babá mi Ogum, modupué, obrigada — disse ela, se inclinando.

Os alabês já haviam se retirado com seus instrumentos. Os orixás haviam partido para cuidar de seus deveres. No meio da sala restaram a menina e o adivinho.

Ifá beijou Aimó e se despediu:

— Boa viagem, omó mi odara.

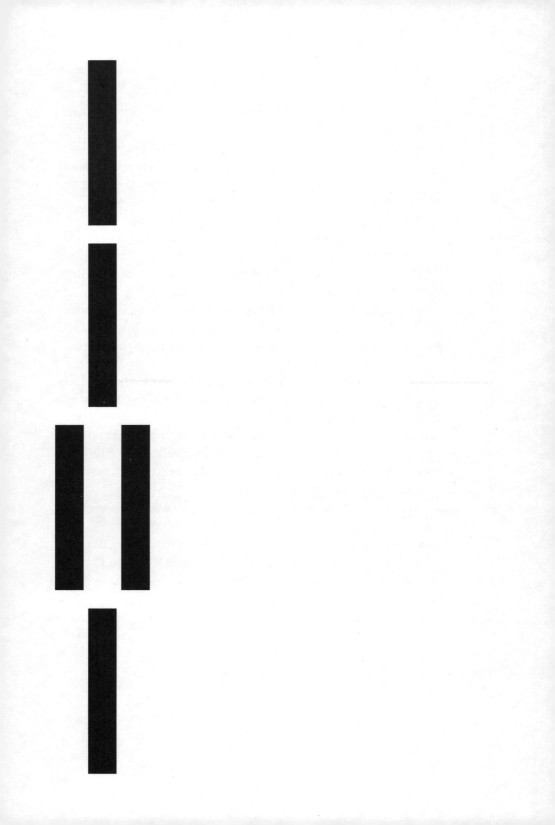

16. UMA VIDA NOVA

O mercado central, no coração da cidade de São Paulo, estava abarrotado de fregueses e especialmente de turistas em excursão de fim de semana, que vinham de todo lugar para comprar na rua 25 de Março, conhecer o Mercadão, onde esperavam comer o melhor sanduíche de mortadela do mundo!, visitar lugares e monumentos famosos, assistir a um musical estilo Broadway em um dos teatros da cidade e terminar o passeio em uma cantina do Bixiga.

Quase não se podia andar lá dentro, era muita gente, mas mesmo assim valia a pena. O mercado era um dos locais mais interessantes da cidade e, apesar de caro, oferecia produtos de qualidade inigualável, entre frutas, verduras e legumes, queijos, frios, carnes e peixes, doces, condimentos, vinhos e muito mais, além de uma dúzia de restaurantes de comida simples e gostosa. Sem falar nos belos vitrais, que por si só já justificavam uma visita.

Luísa era freguesa antiga, mas gostava de, a cada semana, comprar em bancas diferentes, o que equivalia a explorar, descontado o exagero, pequenos mundos novos.

Numa banca de frutas foi atendida por um jovem que separava sem pressa o que ela ia apontando, ensinava os nomes das frutas que ela não conhecia, uma vez que muitas eram novidades importadas, e não deixava de sorrir. Estava quente lá dentro e ele de vez em quando arregaçava as mangas curtas do blusão do uniforme até a altura dos ombros, repetindo o movimento assim que elas, depois de alguns minutos, se desenrolavam por si só. O vendedor exibia no pescoço um fio de contas de cor azul-escuro.

Puxando conversa, e para não ficar só falando de fruta, do movimento, do calor, Luísa apontou para o fio de contas e perguntou ao rapaz:

— É do candomblé?

— Eu? Não sou, não, senhora. Mas o colar é. Ganhei de um amigo — ele disse.

— É um fio de Ogum, o orixá dos caminhos abertos.

— Caminhos abertos... bem que eu precisava.

— Desculpe perguntar uma coisa pessoal — ela disse. — Ogum é seu orixá?

— Isso eu não sei. A mãe de santo desse amigo que me deu o colar já jogou búzios para mim, mas ela não conseguiu dizer qual era meu orixá.

— Mesmo? Por que não?

— Ela falou que minha cabeça estava uma confusão, com muitos orixás brigando.

— Às vezes acontece — disse Luísa, escolhendo mais algumas frutas. — Mas você frequenta esse terreiro?

— Mais ou menos, não como filho de santo. Sou da escola de samba Vai-Vai, e esse meu amigo também é. Ele toca na bateria e também toca nesse terreiro de candomblé, é alabê, ogã que toca atabaque. Às vezes vou com ele e fico ali só apreciando. Eu adoro os orixás, posso ficar a noite inteira vendo eles dançarem. E a comida no final é muito boa — completou, rindo.

— Você disse que precisava abrir seus caminhos...

— Modo de dizer. Olhe — disse ele, apontando para o homem do caixa —, este meu patrão aí atazana minha vida, diz que sou lerdo e que vai me despedir, que eu penso demais e trabalho de menos. Mas eu gosto de trabalhar aqui, e aqui também tem muita gente que gosta de mim. Especialmente a freguesia — acrescentou, rindo. — E alguma coisa dentro de mim me diz que a minha vida vai mudar. Que meus caminhos vão se abrir. Talvez um emprego melhor?

— Tomara — desejou Luísa. — Mas voltando ao assunto, você não ficou curioso em saber qual é seu orixá, no final das contas?

— Sim, eu preciso saber. Mas para ser sincero, ainda não tive tempo, ou coragem, sei lá, de levar isso adiante. A mãe de santo disse que tinha uma guerra de orixás na minha cabeça, era tanto santo que minha cabeça parecia um oratório. Sabe, eu trabalho feito um escravo e vivo sempre sem dinheiro, nem a faculdade terminei ainda e tenho que estudar à noite, mas, com tanto orixá me disputando, fiquei até orgulhoso. Não posso me queixar, mas no final acabei sendo um filho de ninguém. Vai ver que eu não tenho orixá.

Luísa balançou a cabeça, discordando.

Enquanto falava, ele enrolava as mangas para cima e ia embrulhando as frutas e ajeitando-as em uma caixa, com muito cuidado para não amassar. Vagarosamente.

Do outro lado da banca de frutas, o homem à frente do caixa, que o vendedor apontara como seu patrão, chamou a atenção do rapaz:

— Renato, olha essa conversa aí. Vamos trabalhar, vamos trabalhar.

— Seu nome é Renato, então — disse Luísa ao vendedor. — E você continua indo ao candomblé?

— Só de vez em quando. Vou porque gosto, acho odara. Dizem que a gente vai pela dor ou por amor, não é? Eu vou por amor. Mas não faço parte, só assisto, nem orixá eu tenho. Vai ver que é porque eu sou branco.

— Todo mundo tem seu orixá — o repreendeu Luísa. — Só é preciso descobrir de qual deles a gente é filho.

— A mãe de santo me mandou voltar lá outro dia e fazer uma oferenda para ver se a disputa dos orixás pela minha cabeça acaba e minha situação se resolve. Quem sabe?

Mais uma vez ele enrolou as mangas do blusão até a altura dos ombros. Luísa percebeu que no alto do braço direito do vendedor havia um desenho formado por seis traços verticais assim dispostos:

— E esta tatuagem aqui no seu braço — apontou Luísa. — O que é?

— É marca de nascença, nasci com ela, não é tatuagem.

— Você sabe o que isso significa, esta sua marca de nascença?

— É só uma marca, um defeito na pele, eu acho.

— Você nunca a mostrou para a mãe de santo, ela nunca viu?

— Não mostrei, por que iria mostrar? Ver, acho que ela também não viu. Fui lá jogar búzios em julho, fazia frio, lembro bem daquele dia, eu estava com camiseta, camisa, moletom e casaco de couro. Sou friorento — disse, rindo. — Ela ia ver de que jeito?

— Friorento? Aqui você está me parecendo calorento.

— Também sou — ele disse e riu de novo.

— Mas voltando à questão da marca em seu braço, esse sinal que você carrega, meu amigo, é uma marca de orixá.

O vendedor fez cara de dúvida.

— Renato, olha a freguesia esperando! — gritou o patrão, balançando a cabeça em desaprovação.

— Já vou, já vou — respondeu ele, completamente envolvido na conversa.

— Vou tentar explicar uma coisa bem rápido, para não atrapalhar seu serviço — disse Luísa, enquanto escolhia outras frutas. — Os antigos africanos iorubás acreditavam que os mitos dos orixás se repetem na vida dos humanos. O babalaô, um sacerdote que sabia os mitos de cor, tratava de descobrir qual história antiga a pessoa que o consultava estava vivendo de novo, assim ele podia orientá-la.

— Certo.

— Os mitos eram organizados em capítulos, chamados de odus, tudo aprendido de cor pelo babalaô. Cada odu tratava de um assunto e tinha seus orixás principais. Para saber que história estava acontecendo de novo, o babalaô se valia de dezesseis búzios, ou de outro instrumento. Ele jogava os búzios e contava quantos caíam com o lado aberto para cima. Cada número correspondia a um odu diferente, como os números de um capítulo de livro. Em um tabuleiro ele desenhava os sinais que representavam os odus que saíam. Depois, seguindo a marcação no tabuleiro, ele interpretava as histórias indicadas pelo jogo e desvendava o que estava acontecendo com seu consulente.

O dono da banca, que de longe fazia cara de desgosto com a duração da conversa da cliente com o empregado, deu-se por satisfeito ao notar que o volume das compras da mulher continuava a crescer e os deixou em paz. Luísa completou a explicação ao jovem atento:

— Essa tradição, simplificada, com adaptações, foi mantida no Brasil pelo candomblé. E agora, Renato, vem o mais importante: também é o odu que revela qual é o orixá da pessoa. De qual orixá a pessoa é descendente, ou filho, digamos.

— E esta marca aqui que eu carrego desde que nasci...

— Essa marca representa o odu Ofum, o odu de Oxalá, que reúne os principais mitos que falam de Oxalá. Se eu estiver certa, você é filho de Oxalá.

Renato estava de boca aberta.

— Nossa! Eu adoro Oxalá, fico emocionado quando ele se manifesta no terreiro, já senti até tontura. Fico arrepiado só de pensar — disse, mostrando o braço.

— Você trabalha amanhã, domingo? — Luísa perguntou.

— Não. O mercado abre, mas vou folgar amanhã.

— Então vou levar você ao terreiro que eu frequento, e vamos resolver essa dúvida com mãe Aninha, que é a minha mãe de santo. Ver o que dizem os búzios. O que você acha, Renato?

— Combinado.

Os meses se passaram. Renato habituou-se a ir ao terreiro de mãe Aninha sempre que o horário de trabalho e o de estudo permitiam. Tendo se submetido aos rituais preparatórios conduzidos por Luísa, esperava pacientemente o dia de ser iniciado para seu orixá, que, depois do jogo de búzios feito por mãe Aninha, finalmente sabia qual era.

Chegaria o momento em que o orixá de Renato se manifestaria no corpo do rapaz para dançar diante da comunidade do terreiro. Para ele era tudo novidade, muito trabalho e muito a aprender, mas o terreiro significava, igualmente, novos amigos e irmãos, um lugar para se divertir também, e até namorar. No terreiro cada um podia ser o que era, sem ter que se esconder e se envergonhar de suas origens, condições de vida, meio de sobrevivência e, acima de tudo, inclinações e preferências. Nada de disfarces, cada um devia se comportar em harmonia com o que herdava de seu orixá, o que incluía virtudes e defeitos. Um lugar quase fora do mundo. Talvez fora do mundo.

Renato não tinha condição de pagar os custos de uma iniciação no candomblé, mas era um rapaz bem relacionado. Amigos do Mercadão fizeram listas de contribuições e venderam rifas. O pessoal da escola de samba não fez por menos. Muitos eram iniciados e o ajudaram a angariar recursos entre simpatizantes dos orixás e do samba. Comerciantes do Mercadão ofereceram seus produtos, e uns negociantes da rua Santa Rosa, vizinha ao Mercadão, doaram animais de quatro pés, aves e até uma dezena de caracóis que faziam parte da longa lista de oferendas. Renato também fez suas economias, empenhado em sua iniciação.

Nos meses de convivência no terreiro, ainda como um abiã, aquele que vai nascer, um noviço, Renato revelou-se um rapaz que sabia o que queria, caprichoso e detalhista, o que às vezes o fazia demorar mais do que o esperado no cumprimento de suas tarefas.

Há muito o que fazer em um terreiro de candomblé, o que envolve o preparo das comidas oferecidas aos orixás, com o abate de animais segundo preceitos de pureza ritual para uso das carnes nas oferendas e na alimentação dos membros do terreiro; o cuidado das roupas e dos adornos litúrgicos; a limpeza das dependências e sua decoração nas festas; o cultivo das ervas sagradas; a manutenção dos quartos de santo que guardam as representações materiais dos orixás; o zelo dos que se encontram recolhidos cumprindo obrigações iniciáticas; a recepção dos clientes que vão ao terreiro para jogar búzios e fazer suas oferendas, seus ebós; a organização das festas; o levantamento dos recursos financeiros e sua administração para manter tudo isso; enfim, uma enormidade de tarefas que o seguidor de qualquer outra religião, ou de nenhuma, não pode sequer imaginar. No candomblé, se diz, há muito chão para varrer e muita gente para alimentar.

No desempenho dessas atividades é que os recém-chegados são avaliados pelos membros dos terreiros. Renato logo foi querido e aceito por todos, que, no entanto, apontavam que sua mania de limpeza combinava pouco com certa desordem com que mantinha suas coisas.

Mostrava-se respeitoso com seus superiores, embora às vezes descuidado no cumprimento do protocolo, criativo e persistente nas atividades que exigiam certa iniciativa, mas um pouco displicente na observação de certos tabus, que em um terreiro são muitos. Muitas vezes foi chamado à atenção por exibir certa prepotência. Mas a falta de pressa talvez fosse seu maior defeito, além da teimosia.

Chegada a hora, Renato tirou um mês de férias e ficou três semanas recluso no terreiro. Durante esse período, passou por diversos rituais da iniciação, que culminaria, naquele dia, com a chamada festa do nome. Pela primeira vez seu orixá seria apresentado aos seguidores dos orixás, o povo de santo.

O terreiro estava repleto de filhos, convidados e curiosos. No quarto em que estava recolhido, Renato estava nervoso, mas Luísa e as equedes, as mulheres encarregadas de cuidar dos orixás manifestados no transe, o preparavam com cuidado e carinho.

Ele tinha a cabeça raspada e enfeitada com pintinhas brancas. Seu corpo estava envolto em panos brancos sobre a calça larga de algodão, e pesados colares de contas pendiam de seu pescoço. Na testa fora amarrada com um fio de palha da costa a pena vermelha do papagaio-da-costa. Tinha tranças dessa palha envolvendo os braços, e guizos amarrados nos tornozelos.

Durante certo tempo, chegavam até ele os sons que vinham do barracão, o salão de danças. Sentado numa esteira, ouvia com preocupação crescente o toque dos atabaques e as vozes que cantavam saudando cada um dos orixás. O coração batia mais rápido, logo chegaria sua vez.

Quando se fez silêncio lá fora, ele bebeu água com infusão de folhas sagradas numa caneca de ágate das mãos de Luísa e, ajudado por ela, se pôs de pé. Sentia os pés descalços pregados no chão, como se eles temessem levá-lo por um caminho errado.

Nesse momento mãe Aninha abriu a porta, entrou e o levou para fora do quarto, onde quatro de seus irmãos de santo seguravam as hastes que sustentavam o pálio branco, sob o qual ele foi conduzido pela mãe de santo ao salão de danças. A plateia o recebeu de pé, e os irmãos o esperavam sentados no chão, formando um grande círculo. Os atabaques soavam um ritmo lento e a comunidade cantava:

Agô, agô l'oná
Omocunrin iogbá ni ibi
Agô, agô l'oná
Soró awon orucó orixá.

Com licença, deem passagem
Eis que o menino vai chegar
Com licença, abram caminho
O nome do orixá ele vai revelar.

Mesmo de olhos baixos, com o tronco inclinado, sentindo que a consciência lhe escapava, Renato percebeu que um jovem negro, de pernas compridas e pés descalços, entrava pela porta da rua e atravessava o salão até o ponto onde ele era conduzido sob o alá. Usava um chapéu vermelho de um lado e preto do outro, levava amarrado na cintura um bastão de formato fálico e tinha no pulso esquerdo uma rica pulseira de ouro em forma de camaleão com olhos de rubi. Ninguém tentou barrar seus movimentos nem aparentemente notou sua presença, como se sua existência não passasse de um sonho que feria tão somente os sentidos amortecidos do omocunrin. Abrindo um largo e zombeteiro sorriso, o recém-chegado se aproximou do jovem iniciado e pôs em seu dedo um anel de prata encimado por um pequeno caracol.

Nesse exato momento Renato sentiu tudo escurecer e o chão se abrir sob seus pés. Pensou que fosse um desmaio, ou talvez a morte. Não se sentia mais dono de seu corpo. Ao longe, muito longe, ele ouvia, misturados aos repiques dos atabaques, sons de aplausos e vozes que gritavam e repetiam:

— Epa Babá! Epa, epa!

— Viva Oxalá! Viva, viva!

NOTA DO AUTOR

Tradição e invenção foram as fontes usadas neste livro. Os mitos dos orixás aqui recontados fazem parte do patrimônio cultural afro-brasileiro, enquanto a personagem Aimó é apenas uma fabulação minha, assim como sua relação com os orixás Exu e Ifá, seus companheiros de jornada.

A visão de mundo e as concepções de vida, morte e renascimento presentes na história ficcional de Aimó acompanham de perto as tradições africanas dos iorubás preservadas no Brasil pelas comunidades de candomblé. Também os ritos descritos se baseiam naqueles praticados pelos grupos religiosos, com as devidas simplificações e adaptações necessárias a uma obra que parte da tradição para inventar uma aventura.

Em relação às narrativas sobre Exu, Ifá e os outros orixás que cruzam o caminho de Aimó em sua busca de uma nova vida, procurei me valer de mitos e características desses deuses aceitos e ensinados no cotidiano dos terreiros. Na narrativa ficcional, entretanto, foi preciso juntar elementos e personagens mitológicos que podem não aparecer juntos ou no mesmo tempo e mesmo lugar nas narrativas tradicionais cultivadas pelos sacerdotes e devotos dos orixás.

Convém enfatizar que este não é um livro religioso. A intenção aqui foi trazer ao leitor elementos culturais da mitologia afro-brasileira, patrimônio que o Brasil herdou da África e que ajudou a preservar e enriquecer, transformando-o em fonte permanente de criação cultural, artística e filosófica de caráter secular, isto é, sem preocupações ou propósitos metafísicos ou religiosos.

Muito já foi escrito sobre a tradição dos orixás, mas talvez valha a pena uma breve explicação aos leitores não familiarizados. Os orixás são deuses de origem iorubá cultuados em diversas religiões de origem africana no Brasil e em outros países da América. Também estão presentes em diferentes dimensões profanas, isto é, não religiosas, da nossa cultura, por exemplo, na música, na literatura, na dramaturgia, nas artes plásticas e nos enredos das escolas de samba. Seus mitos, que compõem a maior mitologia viva do mundo, fazem parte do legado cultural que negros africanos deixaram ao país que os escravizou.

Em pouco mais de três séculos de tráfico, cerca de 5 milhões de africanos foram trazidos ao Brasil como escravos. Originários de diferentes partes da África negra, representavam uma multiplicidade de grupos étnicos. Hoje, metade da população brasileira é constituída de descendentes de africanos, e elementos de suas culturas, como línguas, artes, culinária, religiões, mitos e valores sociais, marcam indelével e definitivamente a cultura brasileira. É o caso do samba, o maior emblema da herança negra, que nasceu nos quintais dos terreiros de candomblé e teve a maioria de seus criadores ligada a grupos de culto aos orixás.

O candomblé, que se formou no Brasil no início do século XIX, era religião de negros. Já a umbanda, surgida um século mais tarde do encontro do candomblé com o espiritismo de origem francesa, se destinava a todos indistintamente e se espalhava por todo o país. A partir da década de 1960, contudo, o candomblé também passou a se alastrar e a atrair devotos sem limitações de etnia, cor, geografia ou classe social. Atingiu, dessa forma, todo o país, justamente na década em que a tendência mundial de valorizar as raízes culturais e sair em busca delas chegava também ao Brasil.

Nesses anos de notável efervescência cultural, o candomblé foi descoberto por artistas e produtores culturais como uma nova e autêntica fonte de inspiração. Mitologia, música, dança, estética, concepções de mundo e, especialmente, um jeito nem cristão nem europeu de encarar e saborear a vida saíram dos limites dos terreiros para se tornar ingredientes básicos no novo receituário cultural brasileiro. Nessa descoberta, parte do repertório oral dos terreiros foi sendo escrita por cientistas sociais, artistas e demais interessados, embora a oralidade seja ainda praticada nessa religião como único meio legítimo de transmissão da tradição.

Da preocupação em registrar por escrito elementos da cultura oral afro-brasileira, surgiu meu livro *Mitologia dos orixás*, editado pela Companhia das Letras em 2001, que traz três centenas de mitos dos orixás. É desses mitos, até hoje contados e recontados nos dois lados do Atlântico, que as aventuras que povoam estas páginas, nos passos da menina Aimó, foram concebidas.

Ainda que os mitos contidos no presente livro tenham sido livremente recontados a partir das versões apresentadas em *Mitologia dos orixás*, procurei preservar a integridade dos personagens, dos orixás, das aventuras vividas por eles e do sentido que cada mito pode esconder e revelar. Espero não ter traído esse propósito. Espero também não ter sido demasiadamente limitado por ele. Espero, por fim, como acontece em todo mito bem contado, que a invenção faça um bom par com a tradição.

A história de Aimó, a menina esquecida, poderia ser pensada como um mito a mais, não fosse simples invenção minha. Ao procurar entreter e divertir o leitor, principal motivo que produziu sua escrita, este livro pode eventualmente revelar um modelo diferente de conceber o mundo em que vivemos, outra maneira de pensar a vida e a morte, outro jeito de explicar como tudo se repõe e se transforma. Concepções que são parte de nossa herança africana e que se encontram, menos para uns e mais para outros, entranhadas no modo brasileiro de viver, criar e se pôr diante dos problemas a enfrentar no dia a dia.

É longa a lista dos agradecimentos devidos. Foram muitos os que me ajudaram para que *Aimó* fosse escrito e publicado, mas continuo, no final, o único responsável pelos desacertos que cada leitor, a seu critério, poderá encontrar neste livro.

Devo agradecer a Isabel Lopes Coelho, Heloisa Jahn, Vanessa Gonçalves, Flavia Lago, Pedro Silva, Ana Maria Barbosa, Armando Akintundê Vallado, Thiaquelliny Teixeira Pereira, Rosa Maria Bernardo, João Luiz Carneiro, Teresinha Bernardo, Dionysios Kostakis e especialmente a Renan William dos Santos, por terem lido esboços e diferentes versões dos originais e oferecido críticas, correções e sugestões que muito me ajudaram.

Lilia Moritz Schwarcz recebeu *Aimó* na editora com o entusiasmo e a amizade que sempre me favoreceram. Obrigado, Lili.

Sou grato a Júlia Moritz Schwarcz, publisher responsável pela edição deste e de outros livros meus em diferentes selos da Editora Schwarcz. Esbanjando competência com afeto, Júlia me fez reescrever partes dos originais, fazendo com que eu me guiasse por um senso crítico que o autor, por imodéstia ou teimosia, costuma desprezar. Nathália Dimambro completou seu trabalho, coordenou a edição e me deu a oportunidade de ampliar minhas parcerias na editora.

Quero agradecer ao pessoal que cuidou da finalização do livro, especialmente Helen Nakao. Com seu habitual carinho e sua reconhecida competência, e com o apoio de sua equipe, conduziu a execução gráfica, que transforma um texto em um livro.

Rimon Guimarães completou meu trabalho com suas belas ilustrações, respondendo com sua arte a um plano gráfico preliminar de Arthur Vergani.

Raul Loureiro, autor da capa e do projeto gráfico não fez por menos. Tratou *Aimó* com o mesmo talento que, anos atrás, transformou *Mitologia dos orixás* e outros livros meus em obras de arte.

Outros, que não participaram diretamente da criação do livro, contribuíram com o bom clima que me facilitou escrevê-lo. Agradeço a Edilene Barbosa da Silva e Eliete Oyadeji Umbelina de Barros por cuidaram para que tudo corresse bem em casa. A minha prima Ana Cláudia Martins Octaviani e Maria Elisabete Lopes Siqueira por assumirem em meu lugar deveres no cuidado de minha família residente no interior, o que me permitiu trabalhar no livro com mais tranquilidade. A Andriely Breves e aos gatos Mi e Chim, que estiveram sempre por perto, nunca me faltando companhia.

Finalmente, uma palavra de gratidão a Renato, filho de Ana Cláudia, que chegou ao final da escrita, mas também deu uma boa mão nesta história: emprestou seu nome, por seu óbvio significado — o renascido — ao personagem revelado no último capítulo. Também copiei dele o gesto desse personagem de levantar as mangas da camisa.

GLOSSÁRIO

Os termos a seguir, empregados neste livro, são usados no Brasil no falar cotidiano e nos cânticos sagrados dos terreiros de candomblé que seguem as tradições dos povos nagôs ou iorubás. Salvo citação em contrário, os termos listados são de origem iorubá e sua grafia original está dada entre colchetes. No iorubá, as vogais, "ẹ" e "ọ" grafadas com um ponto subscrito são abertas. Na ausência desse sinal, a vogal é fechada. A consoante "ṣ" com o ponto subscrito soa como "x" na palavra orixá. O iorubá é uma língua tonal e sua grafia distingue os três diferentes tons das sílabas, alto, médio ou baixo, indicados graficamente por acento na vogal: grave (`) para tom baixo, agudo (´) para tom alto. Sílabas sem esses sinais são de tom médio. Algumas palavras do léxico da língua portuguesa ou de outra língua foram incluídas por seu uso pelas religiões afro-brasileiras.

ABARÁ [àbàlá]: bolinho de massa de feijão-fradinho cozido no vapor.

ABEBÉ [abẹ́bẹ́]: leque de metal; espelho de mão.

ABIÃ [abíá]: noviço; que está sendo iniciado no candomblé.

ABÔ [àgbo]: preparado de folhas maceradas em água; banho de ervas.

ACAÇÁ [akasa]: bolinho de amido embrulhado em folha de bananeira.

ACARAJÉ [àkàrá]: bolinho de massa de feijão-fradinho frito em azeite de dendê.

ADJÁ [ààjá]: sineta ritual de uma ou mais campânulas metálicas.

AGÔ [àgó]: licença; pedido de licença; pedido de desculpas.

AGOGÔ [agogo]: instrumento rítmico com duas campânulas de metal percutidas por vareta.

AGUERÊ [àgeré]: um dos muitos ritmos tocados no candomblé; ritmo de Iansã.

AIABÁ [ayaba]: rainha; orixá feminino no candomblé.

AIÊ [Ayé]: o planeta Terra; o mundo dos seres humanos; lugar dos viventes.

AJÉ [àjé]: feiticeira.

ALÁ [álá]: pano; pano branco.

ALABÊ [alábẹ]: tocador de atabaques; na África, escarificador ritual.

ALAFIÁ [àláfíà]: boa saúde; sinal do oráculo que indica bons presságios.

ALUÁ [do banto walu'a]: bebida preparada com suco de frutas, gengibre e rapadura.

ARAIÊ [ará ayẹ́]: ser humano.

AUNLÓ [aun lọ]: vá embora.

AXÉ [àṣe]: energia sagrada dos orixás; força mística que mantém a vida e move o mundo.

AXÓ [aṣọ]: roupa; vestuário.

BABÁ [bàbá]: pai.

BABALAÔ [babálawo]: adivinho; sacerdote do oráculo de Ifá.

BABALORIXÁ [babálórìṣà]: sacerdote dos orixás, pai de santo; sacerdote-chefe no candomblé.

BATÁ [bàtá]: tambor ritual.

BORI [ẹbọọrí]: rito iniciático em que a cabeça da pessoa recebe oferendas.

BUBURU [búburú]: do mal; maléfico.

CANDOMBLÉ: religião dos orixás, voduns e inquices no Brasil.

CARURU [do banto caruru]: guisado à base de quiabos, camarões secos e dendê.

COLORI [kòlorí]: sem cabeça; cabeça oca; de cabeça ruim; louco.

CÔSSI [kò sí]: termo que indica impossibilidade, negação ou ausência; pessoa ignorante.

EBÓ [ẹbọ]: oferenda, sacrifício, despacho, oferta votiva.

EBÔMI [ẹ́gbọn mi]: iniciado sênior do candomblé; tratamento usado para quem passou pelo rito que completa os sete primeiros anos de iniciação; literalmente, "minha irmã mais velha"; na África, tratamento usado entre esposas.

ECABÓ [e kábọ]: bem-vindo.

ECODIDÉ [ekódidẹ]: pena vermelha do papagaio-da-costa.

ECURU [èkuru]: bolinho de massa de feijão-fradinho sem sal cozido no vapor.

EGUM [égún]: espírito de morto.

EGUNGUM [egúngún]: antepassado; espírito de morto ilustre que recebe culto.

EQUEDE [èkeji]: mulher iniciada para cuidar dos orixás manifestados no transe, dançar com eles e zelar por suas roupas e seus objetos.

EUÊ [ewé]: folha.

EUÓ [èèwọ]: interdição; tabu.

FAZER O SANTO: ser iniciado no candomblé.

FILHA DE SANTO OU FILHO DE SANTO: omó orixá; iaô; pessoa iniciada na religião afro-brasileira.

FUNFUM [funfun]: branco.

IÁ [ìyá]: mãe.

IALORIXÁ [ìyálòrìṣà]: mãe de santo; sacerdotisa-chefe no candomblé.

IAÔ [iyawó]: filha ou filho de santo; devoto no candomblé; na África, esposa.

ICU [ikú]: morte.

IDÁ [idà]: espada; punhal.

ILÊ [ilé]: casa.

ILÊ AXÉ [ilé àṣe]: templo; terreiro de candomblé.

INDÉ [idé]: pulseira ou argola de metal.

INQUICE [do banto nkisi]: fetiche; no Brasil, divindade das nações de candomblé bantas.

IROCO [Ìrókò]: árvore africana; orixá que habita a árvore do mesmo nome.

IRUQUERÊ [ìrùkẹ̀rẹ̀]: espanta-moscas feito com rabo de cavalo, cetro real.

MÃE DE SANTO: ialorixá; chefe de terreiro afro-brasileiro.

MI [mi]: meu(s), minha(s).

MODUPUÉ [mo dúpẹ́]: eu agradeço; obrigado.

MOJUBÁ [mo júbà]: eu o saúdo; saudações; olá.

NLÁ [nlá]: grande.

OBÉ [ọbẹ]: faca.

OBÉ FARI [ọbẹ fárí]: faca para raspar a cabeça; navalha.

OBI [obì]: noz-de-cola.

OCUM [òkun]: mar; oceano.

ODARA [ó dára]: bom; bonito; gostoso; positivo.

ODÉ [ọdẹ; Ọdẹ]: caçador; outro nome para Oxóssi.

ODU [odù]: capítulo do conjunto dos poemas de Ifá, de tradição oral; sinal do destino.

OFÁ [ọfá]: arco e flecha.

OGÃ [ọ̀gá]: dignitário; protetor do candomblé; título genérico para vários cargos próprios de homens que não entram em transe, como os alabês ou tocadores, e os sacrificadores.

OGÓ [ọ̀gọ]: bastão de formato fálico que simboliza Exu.

OIM [oyin]: mel de abelha.

OJÉ [ọ̀jẹ̀]: sacerdote do culto aos mortos.

OLUCÓ [olùkọ́]: professor.

OMI [omi]: água.

OMÓ [ọmọ]: filho; filha; criança.

OMÓ ORIXÁ [ọmọ̀rìṣà]: filho de santo; filha de santo.

OMOBINRIN [ọmọbinrin]: menina.

OMOCUNRIN [ọmọkúnrin]: menino.

OPAXORÔ [ọ̀páṣọọrọ́]: cajado de Oxalá, geralmente de metal prateado ou madeira.

OPELÊ [ọpẹlẹ]: instrumento de adivinhação de Ifá formado de oito metades de coco do dendezeiro unidas em uma corrente.

ORI [orí]: cabeça; mente.

ORIXÁ [òrìṣà]: deus, deusa, divindade do panteão iorubá.

OROBÔ [orógbó]: noz-de-cola amarga.

ORUCÓ [orúkọ]: nome.

ORUM [Ọ̀run]: mundo dos orixás e espíritos.

OUÔ [owó]: dinheiro.

PAI DE SANTO: babalorixá; chefe de terreiro afro-brasileiro.

SEGUI [ṣẹ́gi]: canutilho de vidro leitoso azul usado em colares.

UMBANDA: religião brasileira de orixás, caboclos, pretos velhos e outros encantados.

UÓ [èèwọ̀]: indesejável; impróprio; horrível; ruim; tabu; interdição.

VODUM [do fon vodun]: deus ou deusa do panteão fon ou jeje.

XEQUERÊ [ṣekerẹ́]: chocalho.

XIRÊ [ṣiré]: dança ritual em círculo no candomblé; literalmente, "vamos brincar".

OS ORIXÁS

AJALÁ [Àjàlá]: um dos orixás da Criação, fabrica a cabeça dos seres humanos que vão nascer.

EGUNGUM [Egúngún]: antepassado masculino, espírito de morto ilustre. Não tem o status de orixá, mas merece culto em festivais, altares e templos próprios.

ERINLÉ [Erinlẹ̀]: orixá caçador; um tipo de Oxóssi.

EUÁ [Yẹ̀wá]: deusa das fontes, senhora dos segredos, deusa do rio africano que tem seu nome.

EXU [Èṣù]: orixá mensageiro e regente do movimento e da transformação. Governa a sexualidade, a reprodução humana e a ereção no homem.

IÁ MI OXORONGÁ [Ìyámi Òṣọ̀ròngà]: mães ancestrais; feiticeiras. Não são cultuadas como orixás, mas participam de seus mitos e são reverenciadas nos festivais Gueledé.

IAMASSÊ [Yamase]: deusa mãe de Xangô.

IANSÃ [Yánsàn] ou OIÁ [Ọya]: deusa do vento, do raio e das tempestades. Encarregada de levar os espíritos dos mortos para o Orum, onde eles esperam para renascer. Deusa do rio Níger ou Oiá. Atualmente considerada protetora do feminismo.

IBEJIS [Ibejì]: orixás gêmeos, protetores das crianças e da infância.

IEMANJÁ [Yemọja ou Yémánjá]: deusa do mar, da maternidade e cuidadora do equilíbrio emocional. Padroeira dos pescadores. Considerada mãe dos orixás e da humanidade. É a senhora do rio Ogum na África.

IFÁ [Ifá] ou ORUNMILÁ [Òrúnmìlà]: deus do oráculo. Preside os jogos de adivinhação e é o guardião da mitologia.

IROCO [Ìrókò]: orixá da árvore que leva seu nome. É guardião das tradições e da ancestralidade.

LOGUM EDÉ [Lógunẹ̀dẹ, Logumẹdẹ ou Ológún-ẹdẹ]: orixá caçador e pescador, alternadamente masculino e feminino.

NANÃ [Nàná]: deusa da lama, é a mais velha dos orixás. Senhora da sabedoria e da senioridade.

OBÁ [Ọ̀bà]: deusa do rio Obá na África, padroeira dos domicílios e do trabalho doméstico.

OBALUAÊ [Ọbalúayé]: outro nome para Omulu.

OBATALÁ [Obàtálá]: Senhor do Pano Branco, outro nome para Oxalá.

OCÔ [Oko] ou ORIXÁ OCÔ [Òrìṣàoko]: deus da agricultura.

ODUDUA [Odùdúwà]: orixá da Criação, criou o mundo, mas não o ser humano, que foi criado por Oxalá.

OIÁ [Ọya]: outro nome para Iansã.

OGUM [Ògún]: orixá da metalurgia, da tecnologia e da guerra, ocupou o patronato da caça e da agricultura. Rege as transformações no campo do trabalho humano.

OLOCUM [Olókun]: deusa do oceano, do mar profundo.

OLODUMARE [Olódùmaré]: outro nome para Olorum.

OLORUM [Olórun] ou OLODUMARE [Olódùmaré]: deus primordial que criou os orixás para que estes, em seu nome, criassem e governassem o mundo. Deus distante e inacessível, não recebe culto, sacrifício nem cânticos específicos. Literalmente, Olorum significa "Senhor do Céu" [Olú + Òrun] e Olodumare, "Senhor do Universo" [Olú + Ódùmaré].

OMULU [Omolu] OU OBALUAÊ [Obalúayé]: deus da varíola, das doenças e das pestes, patrono da medicina.

OQUÊ [Òké] ou OQUERÊ [Òkérè]: orixá da montanha.

ORANIÃ [Òrànmíyán]: orixá do vulcão e das profundezas da Terra.

ORUNMILÁ [Òrúnmìlà]: outro nome para Ifá.

OSSAIM [Osányìn]: orixá que preside o uso ritual e medicinal das folhas e o preparo de remédios e banhos curativos.

OXAGUIÃ [Òsagiyán]: orixá da Criação, inventor do pilão, preside a cultura material, também considerado um jovem Oxalá.

OXALÁ ou ORIXÁ NLÁ [Òrìsànlá]: deus da Criação, criador do ser humano; literalmente, o Grande Orixá. Também chamado Oxalufã e Obatalá.

OXALUFÃ [Òrìsá Olufón]: Oxalá velho, outro nome para Oxalá.

OXÓSSI [Òsóòsi]: deus da caça, provedor dos alimentos, protetor das famílias.

OXUM [Òsun]: deusa do amor e da vaidade, da fertilidade da mulher e da fecundação. É a senhora do ouro e da riqueza material. Orixá do rio Oxum na África.

OXUMARÊ [Òsùmàrè]: orixá do arco-íris, pode ser ao mesmo tempo masculino e feminino e se manifestar também como serpente.

XANGÔ [Sàngó]: orixá do trovão, da justiça, da burocracia e da administração. Teria sido rei da cidade africana de Oió, sede do maior império iorubá.

O ORÁCULO DE IFÁ

Segundo a tradição iorubá, o que aconteceu, acontece e acontecerá na vida dos seres humanos nada mais é que repetição de histórias vividas em tempos mitológicos pelos orixás, antepassados e outros personagens dos mitos. O oráculo de Ifá, conduzido pelo babalaô, é consultado para se saber qual história mitológica se repete no momento na vida de uma pessoa. Por meio da interpretação do mito, o adivinho procura desvendar os fatos positivos e negativos da vida do consulente e conhecer a melhor forma de agir para alcançar os resultados desejados. O oráculo pode recomendar, por exemplo, refazer as oferendas do passado, conforme relata o mito que se acredita estar se repetindo.

O babalaô, sacerdote de Ifá, orixá também chamado Orunmilá, sabe de cor centenas dessas histórias que permitiriam entender os acontecimentos atuais. Para saber qual é a história em questão, ele usa seus instrumentos de adivinhação, principalmente o jogo do opelê, ou opelê-Ifá, e o jogo de búzios. O opelê só pode ser usado pela confraria masculina dos babalaôs. O jogo de búzios pode ser usado por homens e mulheres iniciados. No Brasil, o mais comum é o jogo de búzios, prerrogativa dos pais e mães de santo, que são os sacerdotes-chefes dos terreiros de candomblé.

As histórias mitológicas do oráculo estão classificadas em dezesseis capítulos, chamados odus. Cada capítulo, por sua vez, é dividido em dezesseis seções, contendo cada uma delas dezenas de mitos. Nada disso está escrito, todo o conhecimento é de transmissão oral, aprendido de cor. Um capítulo também é chamado de babá odu, ou odu pai. A seção é chamada de omó odu, ou odu filho. Os mitos do oráculo, portanto, estão classificados em 256 seções (16×16).

Para desvendar os acontecimentos atuais, o adivinho usa um de seus instrumentos para identificar qual é o capítulo, dentro do capítulo qual é a seção, e dentro da seção qual é o mito que estaria se repetindo.

O jogo de búzios é realizado com dezesseis búzios, que têm um dos lados serrado. O adivinho os lança sobre uma superfície plana e conta quantos caem com o lado aberto para cima, número que varia de um a dezesseis e indica o odu que no momento rege a vida do consulente. Quando não há nenhum búzio aberto, não há significado e o lançamento é refeito. Por meio de outro lançamento, ele identifica a seção. E depois a história. Prosseguindo, ele pergunta se o episódio revelado tem para aquele consulente um significado positivo ou negativo, pois toda história tem seu lado bom e seu lado ruim. Os búzios também são jogados para se obterem respostas simples, do tipo sim, não ou talvez. Pelo odu obtido pela mãe ou pai de santo no jogo de búzios também é identificado formalmente o orixá de cada pessoa (Figura I).

Figura 1. Jogo de búzios, indicando o odu Ejiobê (8 búzios abertos)

O mesmo se faz no jogo do opelê ou opelê-Ifá. O opelê é uma corrente em que estão engastadas oito peças com um lado côncavo e um convexo, que giram livremente. Podem ser peças feitas da casca do coco de dendê ou outro fruto, ou de metal (Figura 2).

Figura 2. Opelê-Ifá, indicando o odu Ofum-Ossá (leitura da direita para a esquerda)

O babalaô segura a corrente no ponto que separa suas duas metades, cada uma com quatro peças, e a lança em uma superfície plana. A combinação das sequências das faces côncavas e convexas voltadas para cima em cada metade ou braço do opelê indica os odus. O braço direito do opelê aponta o odu principal, o babá odu, ou seja, um dos dezesseis capítulos orais do conjunto de mitos; o da esquerda, uma das dezesseis seções daquele capítulo. Cada caída diferente do opelê recebe um nome duplo, formado pelos nomes do odu da direita mais o da esquerda, por exemplo, Ofum-Ossá, odu que indica seção Ossá do capítulo Ofum. Nos mitos classificados nesse conjunto o babalaô busca a resposta a sua pergunta. Um lançamento do opelê equivale, portanto, a dois lançamentos sucessivos dos búzios.

A cada lance do opelê, o babalaô tradicional, que pertence a uma cultura sem escrita, marca com um ou dois dedos em um tabuleiro, cuja superfície é coberta por um pó vegetal com atributos mágicos, os sinais que indicam o odu em cada braço do opelê: um traço vertical indica lado côncavo voltado para cima, dois traços indicam lado convexo. Cada odu de cada braço é representado por quatro desses traços verticais simples ou duplos, e a leitura é feita de cima para baixo. Depois de uma série de lançamentos, orientado por essas marcas, o adivinho interpreta os mitos apontados pelo jogo e faz suas predições e recomendações.

Evidentemente, as previsões e a orientação dadas pelo oráculo fazem parte de um sistema de crenças compartilhado somente pelos que seguem a religião dos orixás; o oráculo é um elemento fundamental de sua religião. Mas é comum pessoas que não participam da religião procurar pais e mães de santo para o jogo de búzios, assim como é usual o interesse de muitos por outros oráculos e métodos de adivinhação disponíveis no mercado das práticas esotéricas, como horóscopos e seus mapas astrais, o I Ching, o tarô, as runas e a leitura da borra de café.

No contexto religioso, o babalaô e outros tipos de adivinho, como o pai e a mãe de santo brasileiros, devem ser iniciados para o exercício oracular. Os instrumentos de adivinhação precisam ser consagrados e os procedimentos têm que observar os devidos rituais religiosos, com suas oferendas e tabus. Para os que não seguem a religião dos orixás, ou religião alguma, nada disso faz sentido. Para os não devotos, o interesse pelo oráculo do candomblé se limita à prática de "ler a sorte" e a sua rica mitologia, que já é parte constitutiva da cultura brasileira e fonte de inspiração para os mais diferentes ramos das artes e outros meios de expressão cultural.

No Brasil, o sacerdócio do babalaô praticamente se extinguiu em 1943, com a morte de Martiniano Eliseu do Bonfim, considerado o último babalaô do país, e o oráculo dos orixás continuou a ser praticado, agora com exclusividade, pelos pais e mães de santo, que são os chefes dos terreiros de candomblé, sucessores contemporâneos de Ifá. O próprio culto a Ifá ou Orunmilá entrou em declínio, passando para Exu e Oxum o patronato da adivinhação, agora conduzida por meio do jogo de búzios. O opelê-Ifá foi praticamente esquecido no Brasil. Nos últimos anos, contudo, tem havido imigração de babalaôs procedentes da Nigéria e de Cuba, que trazem seus opelês e procuram reintroduzir no país, em confronto com certa resistência dos terreiros de candomblé, essa prática divinatória que, segundo a tradição africana, preservada em Cuba, somente homens podem exercer.

No quadro a seguir estão indicados os nomes dos odus, os números de búzios abertos que os indicam no jogo de búzios e suas marcas no jogo do opelê, bem como os principais orixás que surgem em seus mitos. Também são apresentados, muito simplificadamente, os principais temas dos mitos de cada odu, e as predições positivas e negativas sugeridas pelos mitos a que o odu se refere.

Tradições oraculares originárias de diferentes cidades iorubás podem apresentar variações do modelo simples aqui apresentado. Adaptações aos novos tempos podem, evidentemente, produzir mudanças mais condizentes com as demandas atuais.

OS ODUS DO ORÁCULO, SEUS ORIXÁS E PREDIÇÕES

BÚZIOS ABERTOS E MARCAS NO OPELÊ-IFÁ	NOME DO ODU	PRINCIPAIS ORIXÁS NOS MITOS DO ODU
1	OCANRÃ	EXU IFÁ
2	EJIOCÔ	IBEJIS TODOS OS ORIXÁS
3	ETAOGUNDÁ	AIABÁS LOGUN EDÉ OGUM
4	IROSSUM	XANGÔ IANSÃ OBÁ OXUM OGUM

PRINCIPAIS TEMAS DOS MITOS	ALGUNS ACONTECIMENTOS E SITUAÇÕES PREVISÍVEIS: FAVORÁVEIS	DESFAVORÁVEIS
mudança, transformação, sexualidade	mudança, transformação, notícias de longe, convite, informação, prazer, gozo	confusão, desordem, esquecimento, miséria, perseguição, incomunicabilidade, impotência
dualidade, casamento, divisão	casamento, encontro, recompensa, reconciliação, união, alegria, parceria	separação, desunião, contendas, desamparo, duplicidade, inveja
riqueza, dinheiro, prêmio	riqueza, dominação, prêmio, conquista do poder, bom trabalho	desordem, acusação, desastre, perdas, desemprego, cansaço, descaso
dificuldades, recompensa, castigo	peregrinação, mudança, cautela, prevenção, humildade recompensada, reabilitação	traição, roubo, choro, engano, prisão, castigo físico, dificuldades familiares, brigas, maledicência

BÚZIOS ABERTOS E MARCAS NO OPELÊ-IFÁ	NOME DO ODU	PRINCIPAIS ORIXÁS NOS MITOS DO ODU
5	OXÉ	OXUM OBÁ FEITICEIRAS EUÁ
6	OBARÁ	XANGÔ OXÓSSI OGUM IANSÃ
7	ODI	OGUM IANSÃ XANGÔ
8	EJIOBÊ	OXAGUIÃ IEMANJÁ OSSAIM

PRINCIPAIS TEMAS DOS MITOS	ALGUNS ACONTECIMENTOS E SITUAÇÕES PREVISÍVEIS: FAVORÁVEIS	DESFAVORÁVEIS
amor, gravidez, infidelidade	**amor, sedução, conquista, namoro, gravidez, nascimento, riqueza, beleza invejável**	**solidão, separação, abandono, pobreza, desilusão, amor não correspondido, maledicência**
riqueza, pobreza, imprevisto	**riqueza inesperada, prosperidade sem igual, sucesso no jogo, herança, presente**	**perdas inesperadas, dificuldades materiais, roubo, traição, perda no jogo, más apostas, prejuízo**
guerra, conflito, trabalho	**caminhos abertos, vitória, possibilidade de uma boa escolha, novas oportunidades**	**guerra, caminhos fechados, prisão, desemprego, indecisão, derrota, sequestro**
invenção, progresso, revolução	**equilíbrio, saúde, amizade, prosperidade, evolução, invenção, premiação, revolução**	**divisão, intriga, loucura, morte súbita, indiferença, destruição, revolução**

BÚZIOS ABERTOS E MARCAS NO OPELÊ-IFÁ	NOME DO ODU	PRINCIPAIS ORIXÁS NOS MITOS DO ODU
9	OSSÁ	IEMANJÁ IANSÃ OBÁ OXUM
10	OFUM	OXALÁ AJALÁ OXUM
11	OUORIM	OMULU NANÃ OXUMARÊ
12	EJILA-XEBORÁ	XANGÔ OXUM

PRINCIPAIS TEMAS DOS MITOS	ALGUNS ACONTECIMENTOS E SITUAÇÕES PREVISÍVEIS: FAVORÁVEIS	DESFAVORÁVEIS
família, afetividade, cotidiano	maternidade, bem--estar familiar, equilíbrio mental, limpeza, iniciação religiosa, visitas	dificuldades na vida familiar, problemas com filhos e parentes, poluição, loucura, depressão
criação, ordem, harmonia	criatividade, reconciliação, espiritualidade, concórdia, harmonia, respeito, paz	tempos difíceis, prejuízos financeiros, demência, velhice, perda de memória, paralisia, tarefas inconclusas
saúde, castigo, morte	saúde recuperada, satisfação, julgamento favorável, recompensa	morte, doença, castigo, peste, ingratidão, inimigos ocultos, vingança
justiça, governo, trabalho	justiça, vitória, triunfo, glória, premiação, honra, reconhecimento público, sucesso	agonia, desassossego, fracasso, julgamento, condenação, detenção, desprezo, corrupção

BÚZIOS ABERTOS E MARCAS NO OPELÊ-IFÁ	NOME DO ODU	PRINCIPAIS ORIXÁS NOS MITOS DO ODU
13	**EJIOLOGBOM**	**OMULU OSSAIM OQUÊ IEMANJÁ**
14	**ICÁ**	**NANÃ ICU (A MORTE) OXALÁ**
15	**OTURÁ**	**EGUM IANSÃ ANTEPASSADOS**
16	**OTUROPOM**	**IFÁ OXALÁ**

PRINCIPAIS TEMAS DOS MITOS	ALGUNS ACONTECIMENTOS E SITUAÇÕES PREVISÍVEIS: FAVORÁVEIS	DESFAVORÁVEIS
mentira, revelação, intolerância	astúcia, disfarce, lealdade, sagacidade, habilidade para conseguir fortuna e poder	mentira, calúnia, falsidade, fofoca, acusação, intolerância, isolamento, desavença
isolamento, morte súbita, doença, separação	fortuna, beleza, reencontro, restabelecimento, saúde, cura, recuperação, reunião	perversidade, malefícios, prostituição, remorso, bandidagem, vício, violência, doença, morte, isolamento
continuidade, tradição, renovação	recomeço, repetição, retorno, eternidade, honra, dignidade	descrença, desilusão, feitiço, tristeza, difamação, desgraça, morte sem retorno, condenação, esquecimento
repetição, sabedoria, memória, renascimento	saber, decisão acertada, previsão, sucesso intelectual, bom conselho, lembrança, respeito, recomeço	caos, quebra de tabu, falência de propósitos, esquecimento, planos desfeitos, fim

A marca FSC® é a garantia de que a madeira utilizada na fabricação do papel deste livro provém de florestas que foram gerenciadas de maneira ambientalmente correta, socialmente justa e economicamente viável, além de outras fontes de origem controlada.

Esta obra foi composta em Scala e impressa em ofsete pela Gráfica Bartira sobre papel Pólen Bold da Suzano S.A. para a Editora Schwarcz em maio de 2024